双翼無双の飛竜騎士
ウイングガード
vol.2
ジャジャ丸
ill. 赤井てら
JN131299

レミリーが王女らしからぬ
間の抜けた表情を晒す中、
フェリドは彼女の背後、
レンリルの背に着地した。

「な、何をしているのですか⁉」

フェリド
レミリー

「レミリー、それどうやって育てたの？」

「えっ、育てた
というわけでは……」

ウィンディ

「ますますズルい。ちょうだい」
「あげられませんよ!?」

部隊を象徴する漆黒の
騎士団服に身を包み、
普段とは異なる大人びた
雰囲気で並んでいる。

「混成部隊(カオスガルド)、出撃だ!!!!」

CONTETNTS

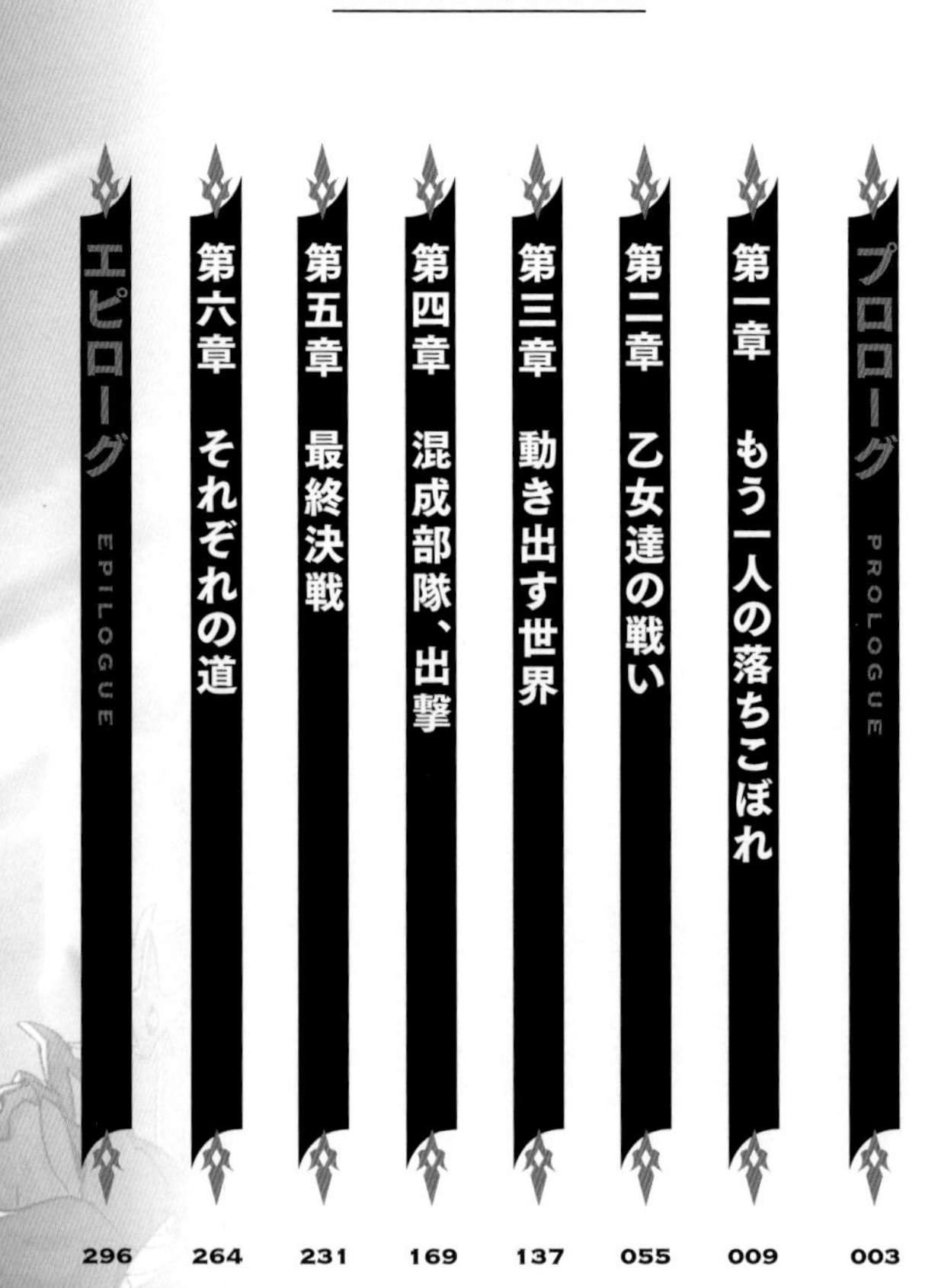

GA文庫

双翼無双の飛竜騎士 2

ジャジャ丸

GA文庫

カバー・口絵・本文イラスト
赤井てら

プロローグ

PROLOGUE

トライバルト王国において、人が飛竜契約を結び空を飛ぶことの出来る竜は、主に三種存在する。

数が多く、温和で鈍重な草食竜——地竜。

小柄な体躯ながら、高い飛翔力と魔力強度を以て獲物を狩る格上殺し——天竜。

そして、飛翔力、魔力量、魔力強度など、あらゆる面で高水準を誇る王国騎士の代名詞——炎竜だ。

王国民に〝最強の竜は何か〟と問えば、恐らくほとんどの人間は炎竜であると答えるだろう。

しかしそれは、知識の浅い一般人であるが故の勘違いだ。

炎竜はあくまで、人が操ることの出来る竜の中で最強なのであり、世界に生息するあらゆる竜種の中で最強かと問われると、疑問符がつく。

世界中のあらゆる環境に適応した進化を遂げ、生態系の頂点に君臨する竜の中には、炎竜すらも上回る種が存在するのだ。

中でも、特に最凶最悪と恐れられる竜種があった。

その体を覆う鱗は、あらゆる魔法を無力化する鉄壁の鋼。

その口から放たれるブレスは、あらゆる生命を終焉に導く死の宣告。

かつてとある小国が、たった一体のソレの怒りを買い、一夜にして滅ぼされたという伝説すら残るその竜の名は――〝黒竜〟。

竜を喰らい、竜を殺す。天災にも等しき人類の驚異だ。

「って、聞いてたのに……なんだ、案外あっけなかったな」

一人の少年が、欠伸交じりに剣を担ぐ。

少し長めの跳ね上がった黒髪に、釣り上がった目。いかにも軽薄そうな態度は浮浪の傭兵と言われても納得出来そうだが、その身に纏う立派な衣服が辛うじて彼の身分の高さを物語っている。

そんな彼の周囲に広がっているのは、凄まじいとしか言い様がない光景だった。

緑豊かな木々に覆われていた霊峰は見る影もなく、無数のクレーターとめくれ上がった大地によって地形すら書き変わったその場所に、もはや生命の息吹は感じられない。

唯一、未だ辛うじて息を繋いでいるのが、つい先ほどまで凄まじい力を振るい暴れ回っていた黒竜のみ。しかしそれも、文字通り虫の息となって少年の前に横たわっていた。

「なあじいや、さっき言ってた黒竜伝説、本当に実話か？　ちょっと誇張し過ぎなんじゃないの？」

「誇張ではありません、かつて本当に起こったことでございます」

少年の背後に、音もなく一人の執事が現れる。

年齢もあって髪は総白髪となっているが、その立ち居振舞いに隙はなく、相当の手練れであると匂わせる。

そんな彼が、少年に対して恭しく礼をとりながら、あくまでも淡々と客観的事実を述べた。

「黒竜は、今なお下手な小国であれば十分に滅ぼす力を秘めております。それを物足りないと感じたのであれば……それはひとえに、殿下が強すぎるのでありましょう。他ならぬ、〝勇者〟なのですから」

勇者。それは、人の身で竜を倒した者の証。

かつて、人類が魔法という牙を得るよりも昔、竜の驚異に怯えていた人々をその力で救い、希望の光を見せた英雄にちなんで贈られる称号……なのだが、少年はくだらないとばかりに吐き捨てる。

「その呼び方は好きじゃない。どいつもこいつも、勇者らしい立ち振舞いがどうこうと、口うるさいったらありゃしないからな」

「仮に勇者でなくとも、陛下は口うるさかったと思われますよ。何せあなた様は、誇り高きバゼルニア帝国の皇子なのですからな」

「皇位継承権なんて、とっくに放棄したんだけどな……」

執事の言葉に、少年は深い溜め息を溢す。

彼の名は、スペクター・フォン・バゼルニア。現在世界に三人しかいない勇者の一人にして、バゼルニア帝国の第二皇子だ。

〝性格に難あり〟として継承権こそ放棄しているが、それが無ければ次期皇帝は間違いなく彼だっただろうとすら言われている。それほどまでに、彼は強い。ただひたすらに強いのだ。

「政なんて性に合わないよ、そんなものは兄上に任せる。俺はただ、剣を振るえればそれで良い。血湧き肉躍る戦いを与えてくれる強敵こそ、俺を昂らせてくれる唯一の存在だからな」

「でしたら、ちょうど良い話がございますぞ。トライバルト王国に対する侵攻作戦がまたも失敗したため、殿下に招集がかかっております」

「……人との戦なんて、それこそ政じゃないか。他国の勇者と戦えるならまだしも、トライバルトに勇者はいないよな?」

「勇者はいませんが、かつて勇者と三日三晩互角の戦いを繰り広げたとされる〝銀閃〟のフローリアがおりますぞ。まあ、あれはもう一線を退いていますが……代わりに、例の王国人、ドルイドが率いる奇襲部隊総勢二十騎が、たった二騎の騎士に全滅させられたという情報があります」

「……ほーう？」

思わぬ報告に、スペクターの瞳が剣呑な光を宿す。

ドルイドは、王国を裏切り帝国の側についた、天竜乗りの騎士だ。

スペクターは彼と面識があり、短い間だったが剣や魔法の技術、竜の知識などについて、王国流のものを習った経験がある。

別に、仇討ちをしたいなどという感情は持ち合わせていない。王国を裏切り、その結果として王国人にやられたのだ。裏切り者らしい末路だろう。

スペクターの興味を引いたのは、彼の目からしても決して弱くない、むしろ強者の部類に入るドルイドが、二十騎もの部下を引き連れながらも敗北を喫した王国騎士の強さの方だ。

「そいつらは勇者ではないんだな？　名はなんというんだ？」

「一人は、ドルイドの身内だったようですね。ウィンディ・テンペスター。それと……地竜乗りの元平民、フェリド・ガーディアン」

「は？　地竜乗りだって？」

地竜は戦えない、ただの輸送用の竜だ。そうした常識は、王国のみならず帝国にも知れ渡っている。

そんな地竜を操る人間が、何をどうしたら優秀な天竜乗りの騎士が率いる部隊を全滅させることが出来るのか。

執事が冗談を言っているわけではないと察したスペクターは、今まで感じたことのない期待感に胸を躍らせる。

「ははははは!!　いいじゃないか、人同士の戦争なんて全く興味がなかったけど、そういうことなら乗ってやるよ!!　ウィンディ、そしてフェリドか。首を洗って待っていろ!!　……ああ、そうだ」

高笑いしながら、スペクターは剣を振りかぶる。

その先には、既に虫の息となった黒竜の姿があった。

「せっかく竜使いの国とやり合うんだ、こいつは手土産にちょうどいい」

勢いよく、剣が振り下ろされ――

こうして、王国にとっての新たな脅威が、帝国の地で動き始めるのだった。

第一章　もう一人の落ちこぼれ

　朝の日差しが窓から注(そそ)がれ、微睡(まどろ)みに浮かぶ意識を照り付ける。どこからともなく聞こえてくる鳥の音は、寝惚(ねぼ)けた頭に朝の到来を告げる鐘のようだ。

「ふあ、あ……」

　欠伸(あくび)を一つ噛(か)み殺(ころ)す。重い目蓋(まぶた)を擦(こす)りながら、フェリドは軽く寝返りを打つ。柔らかなベッドに押し返される感触が心地よく、全身を包む温(ぬく)もりが、一度は覚醒(かくせい)しかけた意識を再び夢の中へと引きずり込もうとする。

（……あれ……俺(おれ)、昨夜はいつベッドに入ったんだっけ……？）

　その最中、微(かす)かな疑問が頭を過(よぎ)るが、すぐに眠気に押し流された。

　ふわりと香る甘い匂(にお)いに導かれ、無意識のうちに体を寄せ——むにっ、と。

　明らかにベッドにあるはずのない柔らかな感触を手に感じ、無意識のうちに掌で弄(もてあそ)ぶ。

「ふぁ……んっ……」

　それに合わせ、耳元で覚えのある声が響いた。

　鈴の音が鳴るような心地よい声は、フェリドの耳を楽しませ——同時に、聞こえるはずのないその声の存在に、フェリドの意識を覚醒させた。

「うおわぁ⁉　ウィンディ⁉」

布団を跳ね上げ、ベッドから勢いよく転がり落ちたフェリドの目に映ったのは、今の今まで一緒に寝ていたらしい一人の少女。

幼い、と表現して差し支えないほどに小さな体が呼吸に合わせて薄く上下し、寝相によってはだけた寝間着の隙間から覗く白い肌が目に眩しい。

普段は頭の後ろで束ねられている翠緑の髪は、現在何に遮られることもなくベッドに広がっており、無防備な格好も相まってどこか人形のような愛らしさを見る者に与える。

ウィンディ・テンペスター。フェリドにとって、飛竜騎士学校の一つ年下の後輩であり
――同時に、恋人となった少女である。

朝、恋人と共に同じベッドで目を覚ます。なるほど、男であれば誰しも一度は憧れるシチュエーションだろう。

問題は、実際に現在進行形でそれを体験しているフェリドには、昨晩の記憶が一切ないということだが。

「落ち着け俺、昨日は間違いなく部屋に一人で過ごしていたはずだ。ずっと机の上で作業していたのに、気付いたらウィンディと一緒にベッドの上っておかしいだろ、どうなってんの？　ていうか、起きた時俺が触ったのってやっぱウィンディの体だよな？　一体どこを触っ……」

「んんっ……フェリド……？」

混乱する頭を必死に落ち着かせようとするフェリドの耳に、改めてウィンディの声が聞こえた。

ゆっくりと開けられた翡翠色の瞳がぼんやりとフェリドを捉えると、しばしその状態で両者共に時間が止まったかのように硬直し……。

「……昨晩は、お楽しみでしたね……？」

「なんでだよ⁉」

そんなウィンディの発言で、再び動き出した。

「こういう時に使う言葉だって、カレンに教わったけど……違うの？」

「お前またあの先輩に変な知識植え付けられてるな⁉　断じて違うし、そもそも昨夜何もなかったことはお前だって知ってるだろ⁉」

「私、フェリドの隣で寝ただけだから、何も知らない。本当に何もしてないの？」

「そんなの……」

当たり前だろ、と言おうとして、不意に先ほど味わったウィンディの体の感触を思い出す。

不慮の事故な上、そもそもどこを触ったのかさえ定かではない。それでも、〝何かをした〟のは確かだ。

そんな理由から、一瞬だけフェリドは言葉に詰まってしまった。

「え……やっぱり、何かしたの……？」

「待て、違う、誤解だウィンディ」

「むぅ……私だけ何も覚えてないのは不公平。フェリド、もう一回やって」

「だから違うって⁉」

話がおかしな方向へ流れているのを自覚しながら、どうにか誤解を解こうと言葉を尽くす。

どことなく、ウィンディ自身の表情にも恥じらいに似た感情が揺らめいているのが分かるが、恥ずかしいならそういうことを言うなとフェリドは声を大にして叫んだ。

今いる場所が学生寮であり、当然ながら周囲の部屋にいる生徒には丸聞こえだという事実を思い出すこともなく、しばらくの間その騒々しい朝のやり取りは続くのだった。


「はあ……ウィンディ、そろそろ一人で寝ような？　この学校、一応男女ともに異性の寮に入るのは厳禁だぞ？」

ドタバタと騒がしい朝の一幕を終えたフェリドは、ウィンディと二人で並んで登校していた。

寮もまた学校の施設であるため、当然ながら校舎と同じく敷地内に入ってはいるのだが……そもそもが、竜を扱い空を飛ぶ訓練をするための学校だ。単純な敷地面積は王城すら上回るほどに広く、徒歩で移動するとなればそれなりに時間がかかる。

結果、寮から校舎に移動するだけでも、こうしてのんびり雑談する余地が十分にあった。

「でも私、やっぱりフェリドと一緒の方がよく眠れるもん。……ピスティとでもいいけど……」

「それはダメ」

「フェリドのケチ」

あっさりと却下され、ウィンディはぷくっと頬を膨らませる。

ウィンディは元々、この学校では落ちこぼれの部類に入っていた。

そのせいで家族から冷遇されていた過去を持ち、未だその家族関係は良好とは言い難い。

だからなのか、ウィンディは軽度の不眠症を患っており、信頼出来る者が傍にいなければ全く眠れないのだ。

保健医とも相談し、フェリドが面倒を見る中で不眠そのものは少しずつ改善してきたのだが、未だにフェリドの部屋に侵入しては夜を共にしてばかり。

そのあまりの頻度に、クラスメイトの男子達からはからかいを超えて嫉妬の眼差しを日々向けられ、それなりに彼の精神を削っていたりもする。

「それに、私が見に行かないとフェリドはすぐ夜更かしする。昨日だって、私が行くまで机で寝てたし……何してたの？」

「ああ……それは、うちの部隊宛に届けられた入隊願書を確認してたんだよ、相当集まってたからな」

昨夜ベッドに入った記憶がない理由をようやく悟ったフェリドは、バツが悪そうに頬を掻いた。

フェリドとウィンディの二人は現在、新設の騎士団に所属している。

多竜種混合の実験部隊、混成部隊。本来であれば同一の竜種で編成されるべき部隊を、竜種や能力の垣根を越えて様々な者を集めて構成し、これまでにない新たな戦術を考案・研究することを目的に創設された部隊だ。

しかし、現在その構成人員は、フェリドとウィンディの二人だけ。部隊としての体裁すら成していない。

故に、人員の募集をかけたのだが……想定を遥かに上回る集まり方に、フェリドは頭を抱えていた。

「俺が貰った権限じゃ、あまり大人数を抱えることは出来ない。部隊の目的を考えても、今まで習ったこともないような新戦術にすぐ対応出来るくらい、優秀な人材が欲しいところではあるんだけど……なかなかこれってやつが見付からなくてな」

「それなら、カレンを誘えばいいんじゃ？」

そんなフェリドに、ウィンディは先ほども話題に上げた少女の名を口にする。

カレン・フレアバルトは、飛竜騎士学校三年次生。名門フレアバルト家の令嬢で、校内でも最強の呼び声が高い優秀な炎竜乗りだ。

彼女が部隊に加わってくれたのならば、それだけでも百人力。今すぐにでも他の既存部隊と模擬戦を行い勝利することさえ夢ではないだろう。

　あくまで、加わって貰えたら、の話だが。

「カレン先輩は、もう配属される部隊が決まってるし、今更変えられないよ。それに……先輩は、ちょっと強すぎるしな」

「……？　強すぎて、何か問題があるの？」

　フェリドの言葉に、ウィンディは首を傾げる。

　飛竜騎士（ウィンガード）の役目は、その呼び名の通り王国の空を守ること。国防の剣となり盾となることだ。となれば、その騎士によって編成される部隊もまた、とにかく強く在らねばならない。優秀で強い騎士を歓迎はすれど、忌避する必要などあるはずがないだろう。

　ごもっともな疑問に、フェリドはそう考えた理由を説明する。

「普通の部隊ならそれでいいんだが、俺達の混成部隊（カオスガルド）に求められているのは、これまでとは全く違う騎士の運用戦術だ。今の時点で既に強いって分かってる生徒より、今の騎士団ではもて余すような……いわゆる、〝落ちこぼれ〟を受け入れて、騎士の新しい可能性を示すような形にする方が良い」

　先のドルイド・テンペスターの裏切りに端を発した帝国軍の襲撃とその新装備の持つ力に、王国軍首脳部は危機感を募らせた。既存の概念に囚（とら）われるばかりでなく、全く新しい〝力〟を模索する必要性に駆られたのだ。

そのために白羽の矢が立ったのが、史上初めて地竜による撃墜戦果を挙げたフェリドであり、まだ学生に過ぎない彼に騎士の称号と部隊長の肩書きを与えられた理由である。

つまり……既にその優秀さを見出され、誰もが認める実力者であるカレンを招いても、彼女個人が強いだけだと思われてしまう懸念があった。

「えっと、つまり……まだ誰も強いって知らない落ちこぼれで、でも全く新しい戦い方にすぐ馴染めるくらい優秀な子が欲しい、ってこと……？」

「………」

改めてウィンディに口に出されたことで、フェリドはガックリと肩を落とす。そんな都合の良い存在が、そうそう見付かるはずないだろうと。

ウィンディはまさにそういった人材だったが、そんなものはレアケースだ。そこらに転がっているものではない。

だが……最初からいるわけがないと諦めるのであれば、そもそも部隊を新設した意味がなくなるので、探すしかなかった。

「なんか、思ってたより大変なんだね、新しい部隊って」

「まあ、それは最初から分かってたことだしな。夢のためにも、頑張ってみるさ」

幼い頃から、フェリドは騎士になることを――騎士として、大切なものを守れる存在になることを夢見ていた。

戦えない地竜乗りだからと、長らく諦めかけていた夢にようやく一歩近付けたのだ。多少困難な道のりだからと、簡単に諦めるつもりはない。

「うん。フェリドが部隊を最強にしないと、私たち結婚出来ないもんね。一緒に頑張ろう」

「ぶっ!!」

不意にぶちこまれたウィンディの爆弾発言に、フェリドは盛大にむせてしまう。

そんな彼の様子に、ウィンディはこてんと首を捻った。

「……どうしたの?」

「いや、まあ、その、なんだ……ウィンディには、敵わないなと……」

フェリドが部隊の創設を言い渡された後。彼は真っ先に、ウィンディを部隊に誘った。

この部隊を、最強にする。ウィンディの実家、名門テンペスター家にも負けないほどにその名を轟かせ、必ずやウィンディに相応しい男になってみせると。

テンペスターの名と責務に縛られることなく、ウィンディが自由に空へ羽ばたけるように。

婿入りするのではなく、自分が娶る側になるのだと、堂々とプロポーズしたのだ。

もちろん、その時の言葉に嘘はなく、今もそうしたいと願っている。が、これまでそんな色恋とは無縁に生きてきたフェリドにとって、それを意識しながら日々を過ごすのはなかなかにハードルが高かった。

要するに、気恥ずかしいのである。

「フェリドが何を言いたいのか、よく分からないけど……私はいつでも待ってるよ。フェリドのこと、好きだから」

一方で、ウィンディもまたフェリドと同じく色恋にはとんと縁がなかったはずなのだが、彼とは比べるまでもなく大胆で真っ直ぐだ。

表情一つ変えることなく好きだと言われ、フェリドの体温は否応なく上昇していく。

「ああ……俺も好きだよ、ウィンディ」

それでもどうにか、自分の気持ちを口にすると、ウィンディは嬉しそうに笑みを溢す。

その笑顔に心奪われたフェリドは、思わず手を伸ばしそうになり――

「おーいそこのバカップル二人。早くしないと遅刻だぞ」

不意に聞こえた声に弾かれ、パッと手を引っ込める。見れば、すぐ近くをクラスメイトのライルが歩いていくところだった。というより、いつの間にか校舎の近くまで来ていたため、想像以上に多くの人目を引いていた。

羞恥のあまり小さくなるフェリドと、やはりその理由が分からないウィンディ。対称的な二人の姿に、生暖かい視線が注がれ続けるのだった。

「さてまあ、気合い入れていくか」

朝から心臓に悪い時間を過ごしたフェリドだったが、授業を受ける間にどうにか持ち直し、昼休みに図書室で書類を広げていた。普段ならウィンディと昼食を摂っている時間だが、今日はフェリドに用事があったのだ。

　昨夜も遅くまで作業していた、混成部隊（カオスガルド）の入隊願書、それの書類選考である。

「今日中に一通り目を通しておかないとな……」

　パラパラと、生徒達の名前と所属クラスが書かれた願書と、それぞれの直近の成績が記された書類を見比べ、チェックを入れていく。

　本来、いち生徒でしかないフェリドに全校生徒の成績が記された書類など貸し出されないのだが、部隊長の肩書きでどうにか許可が下りたのだ。もちろん、他の生徒に見せるのは厳禁である。

「にしても数が多すぎる……書類整理を手伝ってくれる人員をまず確保した方がいいかもしれないな、これ」

　部隊長が学生の新設部隊という時点でそれなりの不都合は覚悟していたが、こうした事務員の不足というのは想定外だった。現役（げんえき）の騎士団から人を引っ張れない以上、十分に予想出来た事態だったはずなのだが、うっかりしていたとしか言い様がない。

　客観的に見れば、同じ部隊の副隊長であるウィンディに頼めばいい話ではあるのだが……彼女はそうした書類仕事が苦手なようで、放っておくと途中で寝てしまうのだ。とても頼めない。

「今日良い生徒が見付からなかったら、まずそっちから探してみるか」

事務仕事の話であれば、騎士としての能力と違って単純に優秀な人にスカウトをかけられる。部隊がまだ正式稼働していない以上、仮所属のような扱いにはなってしまうが……だからこそ、いずれ正規の騎士団に入るための実績を積む場として、生徒にとって非常に便利だと認識されているのが今の混成部隊(カオスガルド)だ。さほど苦労なく集まるだろう。そう信じたい。

「今のうちに、目ぼしい奴(やつ)にはチェック入れとくか……確か、こっちの山に……」

騎士としてはともかく、事務員としては有能そうだった生徒の名前を思い出しながら、願書の山に手を伸ばす。

その時、ふと図書室の隅でペンを走らせる、一人の少女が目に入った。

「あれ、あの人は……」

まず目につくのは、滑らかにウェーブを描く黄金の髪。まるで大空のように澄んだ蒼の瞳には、全(すべ)てを包み込むような優しい光が浮かんでいる。

身長はフェリドとさほど変わらないのだが、やや猫背気味な姿勢のせいか小さく見える。

レミリー・ウィル・トライバルト。トライバルト王国の第二王女だ。

「同じ学年なのは知ってたけど、初めて見たな……」

この国では、正式に王位を継承するか、誰かと婚姻関係を結ぶまでは、王族であっても竜を駆り、騎士として軍に所属するのが伝統となっている。そのため、たとえ王女であろうと飛竜騎士学校に在籍しているのだ。

しかし、そこはやはり王女と言うべきか。他の者と違って寮暮らしでもなく、学年は同じでもクラスが別であるため、フェリドが会話する機会はこれまで一度もなかった。

そんな王女が、こんなところで何をしているのか。そう思っていると、彼女が机の上に並べた書類の一部がハラリと落ちる。

ところが、彼女はそれを拾おうとしない。よほど集中しているのか、書類が落ちたこと自体気付いていないように見える。

「よいしょっと」

気付いたのに放っておくのもどうかと思ったフェリドは、落ちた書類を拾って元の場所に戻す。

それでも、やはりレミリーに気付いた様子はなく、何の反応も示さなかった。

（凄い集中力だな……何をそんなに熱心に勉強してるんだ？）

失礼だとは思いながらも、好奇心に駆られたフェリドはレミリーの手元を覗き込む。

すると、そこには数多の空戦技術について、事細かに整理されびっしりと記されていた。

（へえ……凄いな）

空戦技術とひと口に言っても、その用途や難易度は様々だ。特に有用で汎用性の高いものは授業で習うが、あまりにも難易度が高かったり、使用出来る場面が限られるものは、誰かに教わるか、こうして資料から学ぶしかない。

それを、彼女は独自にノートに纏め、用途、難易度、長所や短所などの特徴を分かりやすく記していた。

このノートを見るだけで、教科書よりも詳しく、分かりやすく、空戦のイロハを初心者から上級者まで学ぶことが出来る。そんな、値千金の一冊だ。

「欲しいな……」

ボソリと、そんな言葉が漏れる。

ノートもそうだが、何よりもこれほど膨大な資料を調べ上げ、このように分かりやすくノートに纏めることが出来るその能力は、今フェリドがもっとも求めているものだ。

そんな言葉が、レミリーの耳にも届いたのか。それまで一心不乱にノートを書き綴っていた王女が、顔を上げる。

「あっ……!!　ここ、使いますか⁉　すみません、全然気付かなくて……!!」

「あ、いえ、そういうわけじゃないので……」

「すぐに退きますから……!!」

大丈夫だと説明しようとするも、そこは聞こえなかったのか、大慌てで片付け始めるレミリー。

そもそも、彼女の周囲には誰もおらず、どう考えても誰かの邪魔になる要素がないのだが……それすらも見えていないようだ。

（集中すると周りが見えなくなるタイプか……それにしても、少し腰が低すぎないか？）

何度も言うように、レミリーは王族だ。

議会政治の形態を取るこの国では、王族だからと常に強権を振るえるわけではないのだが、生半可な貴族を顎で使える程度の権威は十分にある。

それなのに、彼女はそんな素振りも見せず、元平民の――レミリーがそれに気付いているかは疑問だが――フェリドにさえ、丁寧な態度で接している。

珍しい、と、フェリドは率直な感想を抱いた。

「ああ⁉」

そんな時、慌てすぎたレミリーが積み上げられた書類や本の山を崩してしまう。

バサバサと床に紙が散らばり、一瞬にして足の踏み場もなくなる大惨事に。

益々申し訳なさそうに萎縮してしまうレミリーを見て、フェリドは思わず噴き出してしまった。

「失礼しました、手伝いますよ」

「す、すみません、本当に……」

笑ったことを謝罪しながら、フェリドは散らばった書類を集めていく。

レミリーもまた、羞恥に赤くなりながらそれらを拾い始め……そんな彼女が手を伸ばした際、あまりに豊かな胸の膨らみが揺れ動くのが見えてしまい、フェリドは咄嗟に顔を逸らした。

「どうしました……?」

「いえ、なんでもないです」

きょとん、と首を傾げるレミリーは、分かっているのかいないのか。

胸のせいでウィンディとは逆の意味で制服のサイズが合っておらず、谷間さえ露わになってしまっているそれは、思春期の男子にとってはあまりにも目の毒だ。

出来るだけ意識しないように、と努めて床だけに目を向けながら、フェリドは書類集めに奔走した。

「これで全部ですかね?」

「はい、本当にありがとうございます……フェリドさんも、お忙しかったでしょうに」

「いえそんな……って、あれ? 俺、殿下に自己紹介しましたか……?」

名前を呼ばれたことに驚いていると、レミリーはようやくそれに気付いたように、

「あっ……!!」と声を上げて頭を下げる。

「すみません、ご挨拶(あいさつ)遅れました。私、レミリーと申します。フェリドさんのことなら、もちろん存じ上げておりますよ。なんと言っても、この学校で今一番の有名人ですから」

「そ、そうですか……」

有名人と言われて、思わず顔が引き攣(つ)ってしまうフェリドだったが、事実は事実なので何も言えない。

　そんな彼に、レミリーは更に言葉を重ねる。

「凄いですよね、地竜乗り初の騎士というだけでも驚きなのに、学生の身でありながら部隊長まで任されるんて。本当に、尊敬してしまいます」

「ありがとうございます……といっても、新設部隊ですし、まだまだ問題だらけですけどね」

「と、言いますと……？」

「ああ、それは……」

　特に隠すことでもなかったため、フェリドは今抱えている事情について、レミリーに話すことにした。

　部隊長になったはいいものの、まだ部隊としての体裁も出来ておらず、早急に整えなければならないことを。そのために、まずは事務員の募集からかけようかと考えていることを。

「そ、そんなに急がなければならないんですか？　フェリドさんは、まだ二年次生ですよね？」

「まあ、期限としては卒業まで、ってことになっていますけど……早く動くに越したことはないですからね。新しい戦術なんて、一朝一夕で出来るものでもないですから」

　それに、と、フェリドは声に出さずに考える。

　混成部隊（カオスガルド）は、フローリアの後ろ盾と王国軍の要請によって作られたとはいえ、やはりその存在を面白（おもしろ）く思わない者はいるはずだ。

「夢のためにも、立ち止まってなんていられないんです」

周囲の余計な妨害から部隊を……ウィンディを守り、共に高みを目指すためには、進み続けるしかない。

誰も口を挟めないほどの、空の彼方まで。

「……凄いです」

そんなフェリドの思いを聞いて、レミリーは瞳を輝かせる。

少し熱く語り過ぎたか、と思っていたフェリドとしては、思わぬ反応に戸惑ってしまった。

「騎士になって、部隊長にまでなったのに、それでも立ち止まることなく夢に向かって進み続ける……生半可なことではないと思います。私とは、全然違う」

「違う、ってことはないと思いますけど……レミリー殿下には、夢はないんですか？」

「……ありましたよ。でも……私は、追い続けるのを諦めた人間ですから」

顔を俯かせ、レミリーは肩を落とす。その姿が、どこかかつての自分と重なった。

地竜は戦えない竜だと……それに乗る自分達は所詮、雑用係のモグラでしかないのだと、自分自身で決め付けてしまっていた、ウィンディと出会う前の自分と。

「す、すみません……変な話をしてしまいましたね。忘れてください」

「待ってください!!」

だからだろう、慌てて自分の発言を取り消して走り去ろうとするレミリーの手を、フェリドは掴んでいた。

　ただ引き留めようと、そう考えて反射的に行った行動だったが……それによってレミリーはバランスを崩し、足を滑らせてしまう。

「えっ、ひゃあ⁉」

「危な……⁉」

　レミリーの体を支えようとした結果、フェリドもそれに巻き込まれ、仲良くもつれ合うように倒れてしまう。

　せっかく集めた書類がまたも散らばり、重なり合って転んだ二人は、見ようによってはフェリドがレミリーを押し倒したかのような格好で固まってしまった。

「あ、あの、あのあの……⁉」

「す、すみません。大丈夫でしたか？」

「へ、平気です。一応、その……あう……」

　あまりこういったトラブルに慣れていないのか、フェリドに助け起こされた後も顔を赤くして座り込んだままになってしまうレミリー。

　困った状況ではあるが、これはこれでちょうどいいかとフェリドは口を開いた。

「……殿下。殿下の夢って、何だったんですか？」

「え……？」

「その……他人の俺が口を挟む問題じゃないのは分かってます。でも……俺には、殿下がまだ諦めたくないって叫んでいるように見えたので……」

フェリドの指摘に、レミリーは目を見開いた。

彼女自身がどう思っているかはともかく、傍から見れば、彼女が夢を諦めた人間にはとても見えない。でなければ、あれほど熱心に空戦について勉強し、独自のノートに纏めるなどという行為はしないだろう。

少なくとも、フェリドにはそう思えた。

「……騎士に、なりたかったです。お姉様のような……強くて、凛々しい、立派な騎士に」

そんなフェリドの言葉に、レミリーは観念したかのようにゆっくりと口を開いた。

その内容に、フェリドは少しばかり驚いた。

「殿下のお姉様……ってことは、第一王女のシリア殿下のことですよね？　炎竜部隊の総隊長を務めていらっしゃる……」

炎竜に限らず、飛竜騎士は四騎で一つの小隊を作り、それを中隊長の下で三つ束ねて一つの部隊として運用するのが基本だ。

総隊長とは、そうした中隊規模で運用される飛竜騎士部隊全てを総括する、炎竜乗りの中での事実上のトップ。

伝統的に、フレアバルト家の当主が務めることの多いその座を、己の実力とカリスマで絶大な支持を得て手に入れたのが、シリア・ウィル・トライバルトという王女だった。

「はい。私の、自慢のお姉様です。だからこそ、あんな風になりたいと思っていた時期もあったんですけど……ふふ、笑っちゃいますよね。私の成績で騎士だなんて、夢のまた夢なのに……その上、お姉様みたいな、なんて……」

どこまでも切ない眼差しで、レミリーは語る。

彼女はシリアの妹という立場ながらも、この学校においては〝落ちこぼれ〟と呼べる部類に含まれていた。その意味では、騎士に……それも、優秀な姉のようになりたいという夢は確かに荒唐無稽だろう。笑う者もいるかもしれない。

しかし、フェリドにはとても笑うことなど出来なかった。

「笑いませんよ。何を目指して勉強するかなんて、人それぞれです。第一それを言ったら、俺なんて地竜乗りの分際で最強の部隊を作ろうなんてしてるんですよ？　こっちの方が笑えませんか？」

「そ、そんなことないですよ‼　フェリドさんは、実際に地竜乗り初の騎士になられて、部隊長になって、学校のみんなからも、たくさん期待されてるじゃないですか‼　フェリドさんの部隊に入りたいっていう人も、この学校にはたくさんいるはずです‼」

レミリーの言う通り、フェリドの下には山のような入隊願書が届けられている。

それぞれに思惑や事情はあるにせよ、フェリド自身と彼が作る部隊に期待を寄せていることは確かだ。

「でも、その俺も、ほんの数ヶ月前までは騎士になるのを諦めていました」

「…………」

雑用しか出来ないモグラ、頭だけの木偶(でく)。なまじ、学年トップの成績を誇っていたからこそ余計に、フェリドはそう揶揄(やゆ)されていた。

だからこそ、とフェリドは語る。

「諦めなければ夢は叶(かな)うなんて、そんな無責任なことは言えません。でも……納得行くまで挑戦しないと、未練を断ち切ることも出来ないんじゃないかって、そう思います。……殿下も、本音ではそう思ったんじゃないですか？」

一旦(いったん)彼女から離れたフェリドは、自身が持ち込んだ書類の山から一枚の願書を引っ張り出し、レミリーに見せる。

そこに記された名前――レミリー・ウィル・トライバルトの文字を見て、彼女は目を逸らす。

そう、最初から、レミリーは諦めてなどいない。諦めたいと……諦めなければならないのだと、自分に言い聞かせているだけなのだ。

「ひとまずは、書類仕事メインの仮入隊ですけど……俺の部隊に入っていただけませんか？　もう一度……俺達と一緒に、夢の実現を目指しましょう」

フェリドが手を差し伸べると、レミリーはしばし迷うように視線を彷徨(さまよ)わせ――恐る恐る、彼の手を取った。

「よろしくお願いします……フェリドさん」

こうして、フェリドは新入隊員候補として、混成部隊(カオスガルド)にレミリーを迎え入れるのだった。

「…………」

そんな二人のやり取りを陰で見つめる、翠緑の少女に気付かないまま。


「フェリドが浮気(うわき)した」

フェリドとレミリーの出会いから時間が過ぎ、放課後。ウィンディはとある人物と、学園近郊のカフェでお茶をする約束を交わし……顔を合わせて早々、そんな言葉を口にした。

相手は、ウィンディにとって数少ない友人の一人、カレン・フレアバルト。炎竜乗りの三年次生だ。

燃え盛るような赤髪が特徴的で、誰もが認める圧倒的な強さを誇る彼女は同性のファンが多く、後輩思いで面倒見の良い性格からウィンディもよく相談に乗って貰っている。

しかし、その相談内容を聞いた途端、カレンはまたそれかと苦笑を浮かべた。

「なんだいウィンディ、またフェリドが盗られるかもしれないって不安になってるのかい？もうそれ、今月だけで何度目だい」

そう、実のところ、ウィンディがこうした相談を持ち掛けるのは、今日が初めてではなかった。

フェリドは史上初となる地竜乗りの騎士であり、学校一の秀才だ。単純な実力なら学内最強と称されるカレンを降した経験もあり、学生の身分でありながら既に部隊長の肩書きさえ持つ。

彼の活躍を快く思わない者もいないではないが、それと同じくらい彼を尊敬し……あわよくば、玉の輿に乗るためにお近づきになろうとする女子生徒もまた、後を絶たない。ウィンディとフェリドの仲が、校内中で噂となっている今この状況であっても、だ。

元よりお人好しで押しに弱いフェリドが、いつかコロッと騙されてしまうのではないか――そんな不安を抱いたウィンディは、可愛い女子生徒がフェリドにちょっかいをかける度、しょっちゅうカレンに話を聞いて貰っていたのだ。

しかし、今回はいつもとは違うのだと、ウィンディは危機感の滲む声で答える。

「だってフェリド、レミリーのこと押し倒して、口説いてたもん」

「ぶふっ⁉」

思わぬ発言に、カレンは口に含んだお茶を盛大に噴き出す。

動揺を隠せないまま、大慌てでウィンディに詰め寄った。

「待った、それ本当かい？　あのフェリドが？　据え膳にも手を出さずに呑気にいびきかいて隣で寝てそうなあのフェリドが、ウィンディを差し置いて他の女の子を押し倒したって？」

「ん」

こくりと頷くウィンディに、カレンは愕然とする。

これはもしや、フェリドを一発シメてやらないといけない案件なのでは——と、そこまで考えたところで、ふと思う。

そもそも、今の会話の相手はウィンディ。基本的に、何を説明するにも言葉足らずな子だと。

「あー、悪いけどウィンディ、もう一度最初から説明してくれるかい？」

カレンにお願いされたウィンディは、改めて自分の目にした状況を説明する。

それを一通り聞いたところで、カレンもようやく落ち着くことが出来た。

「相変わらず、間違ってはないけど間違った説明だったね……」

つまり、アクシデントで押し倒してしまった後に、そのまま部隊に勧誘すべく口説いたわけである。

ややこしい、と思いながらも、ウィンディが焦る気持ちも分からないではなかった。

これまでフェリドは、ウィンディ以外の誰も混成部隊（カオスガルド）に関わらせようとしなかった。入隊したいと集まってくる者達の誘惑や懇願は多かったが、それでもどこか一線を引いていたのだ。

それがここに来て、フェリド自身の手によるスカウトだ。しかも、手が足りないから、などという消極的な理由ではなく、まさに〝口説く〟という言葉が相応しいほどの熱烈な勧誘だ。

フェリド本人がどう思っているかはともかく、ウィンディから聞く分にはそう感じられた。

「ただ、それにしても相手がレミリー殿下ってのは予想外だよ。ウィンディもそうだけど……フェリドは変わり種が好きなのかい？」

「変わり種……？」

カレンの言っている意味が分からず、ウィンディはこてんと首を傾げる。

レミリー王女の名前は、ウィンディも当然知っている。しかし、彼女がどういう人物かという情報に関しては、全くと言っていいほど知らなかった。

「ああ、ウィンディはまだ一年次生だから、詳しいことは知らないのか。となると……そうだね、ウィンディも〝金竜〟のことは知ってるよね？」

「ん、もちろん知ってるよ。王族だけが乗れる、炎竜の特別変異種だよね？」

炎竜は、真紅の鱗と翼を持つ、トライバルト王国の騎士が操る最強の竜種だ。その中でも、王家にのみ伝わる特殊な個体が存在する。

かつて初代国王が跨がり、周辺諸国の侵略を跳ね返すことで、この山脈地帯に国家の礎を築いたとされる、黄金の竜。

なぜか同世代に一体しか生まれず、炎竜の中でも最高峰の能力を持つとされる、王家の象徴であり切り札だ。

「そうそう。レミリー殿下はね、その金竜の乗り手なんだ。単純に竜同士の力を比べるなら、うちのグレアも勝てないだろうね」

「カレンの竜でも⁉　すごい……」

「だろう？　それでいて、頭もめちゃくちゃ良い。フェリドに負けることも多いからあまり話題にならないが、学内全体で見ても五指に入るくらい賢いだろうね」

「そ、そうなんだ……」

「加えて、あのルックスだ。胸なんて私より大きいし、どんな堅物な男でもあの方が横を通れば一度は必ず振り返るなんて言われてる。全く、何を食えばあんなに育つんだか」

「………」

「顔良し頭良し家柄良し、竜にも恵まれた最高のお姫様で……学内でもワーストになるくらいの落ちこぼれ。それが、レミリー殿下の評価だね」

「…………え？」

最後の言葉に、ウィンディは理解が追い付かない。

どこを切り取っても、彼女に劣っている部分など無さそうに思えたにも拘わらず、それでもカレンは落ちこぼれだと言い切った。

意味が分からず呆然(ぼうぜん)とするウィンディに、カレンは肩を竦(すく)める。

「実技の成績が極端に低いらしくてね。ここはあくまで飛竜騎士学校だ、座学がいくら良くても、それだけじゃ成績は上がらない。王族だから見逃されてるだけで、本当ならとっくに落第してるんじゃないか、って噂まである」

「で、でも……金竜の乗り手なんだよね？　さっき、カレンのグレアより強いって……」

「竜だけで比べたらね。飛竜騎士は乗り手が大事だってのは、あんたが一番良く分かってるだろう？」

「それにしても……ワーストなんてこと、あるの？」

確かに、飛竜騎士は竜と乗り手のコンビネーション、絆の力によってその実力に大きな差が生まれる。フェリドからはそう教わり、それを実践する形で落ちこぼれの烙印を振り払ったウィンディにとってみれば、それは紛れもない事実だ。

それでも、竜の力が騎士にとって、その能力を決定付ける大きなファクターであることに変わりはない。

それなのに、竜の力が最強でありながら、ただ成績が低いだけでなく最下位になってしまう……その原因が、ウィンディにはどうしても想像出来なかった。

「私も直接見たのは数えるほどなんだけどね。レミリー殿下はこう……ドジ、というか、鈍くさい、というか……」

「…………？」

「まあ、これ以上私から言うのもどうかと思うし、後は自分で確かめてみるといいよ。その方が早いしね」

「……ん、分かった」

カレンの言う通り、何を聞いたところで最後は自分の目で見て判断するしかない。

そう納得するウィンディに、カレンはニヤリと小悪魔のような笑みを浮かべた。

「とはいえ、せっかくこうして相談に来てくれたんだ。私から、フェリドを振り向かせる秘伝の技を授けようじゃないか」

「ほんと？」

「ほんとほんと、嘘は言わないさ」

カレンの、ほぼフェリドをからかうためだけに授けられる秘伝の技（笑）を熱心に聞き、メモまで取るウィンディ。いつもこれで騙されているのに、可愛いなぁ、などと微笑ましげな眼差しをカレンから向けられていることにも気付かぬまま、少女は真剣そのものの表情で決意する。

（フェリドは誰にも渡さない）

戦の基本は、まず敵と己を知り、それぞれの長所と短所を洗い出すところから始まる。恋のライバルになり得る存在には早いうちから目を付け、先手を打たねば。

フェリドからの教えを忠実に、されど微妙に間違った形で発揮しながら、ウィンディは決意と共に固く拳（こぶし）を握り締めるのだった。


フェリド率いる混成部隊（カオスガルド）は、仮にも正式に王国軍に属する部隊だ。人数が少なくとも、やはり必要なデータや書類を集め、時には会議等を開くための建物は必要である。

そういった理由から、フェリドは学長の許可を得て、騎士学校の敷地内にあった空き倉庫の一つを改造。最低限の防犯と機密性を保持した、混成部隊（カオスガルド）専用の本部を設置していた。

とはいえ、やはりまだまだ急拵（きゅうごしら）えの仮設拠点だ。外観上ボロいのは否めず、広さも十分とは言い難い。内装も、現状では書類を保管するための棚と、会議用のテーブルと椅子（いす）。そして、仮眠用のベッド一つしかない。竜舎からも離れているため、飛竜騎士の拠点としては最悪もいいところだろう。

これですら、今日やっと一通り必要なものが揃（そろ）って稼働したばかりなのだから、前途多難としか言い様がない。

「レミリー、私と決闘して」

「…………え？」

そんな拠点で、フェリドを介してレミリーと顔を合わせたウィンディは、早速喧嘩（けんか）を売っていた。

それを聞くや否や、フェリドはその小さな翠緑の頭をがっしりと掴み、勢い良く下げさせる。

「すみません殿下、この子ちょっと言葉が足りないところがありまして、決して悪い子じゃないんです、許してあげてください」

「フェリド、今回はちゃんと足りてる。私はレミリーに決闘を申し込む」

「足りてるなら尚のこと悪いわ!!　どうしてそうなる!?」

「あう～、ふぇりろ、いふぁい～」

両頬をぐにぐにと引っ張りお仕置きするフェリドに、ウィンディは抗議の声を上げながらもされるがままになる。

だが、ウィンディなりに譲れない部分があったのか、赤くなった頬をそのままに言葉を重ねる。

「仮入隊とはいえ、同じ部隊の仲間になるなら実力は知っておきたい。騎士同士、分かり合うなら剣で語るのが一番」

「お前そういうタイプだっけ……？」

どちらかというと、同じ釜の飯を食べて仲良くなるタイプだと思う。

よっぽどそう指摘したかったフェリドだが、当のウィンディはやる気満々で引く様子がない。

「わ、分かりました……」

「え、殿下……いいんですか？」

しかも、勝負を吹っ掛けられたレミリーまで、それに応じてしまった。

心配そうなフェリドに、レミリーは大丈夫だと一つ頷く。

「決めましたから……私も、もう一度夢を追うんだって。ですから、私も……認めていただけるように、精一杯頑張ります……!!」

「……分かりました」

夢を焚き付けたのが自分である以上、レミリーがそう決めたのならフェリドに口を挟むことは出来ない。

　しかし、だからと言って全てを成り行きに任せられるほど、フェリドは放任主義にはなれなかった。

「今から空戦の許可を取るのは大変なので、剣のみの勝負にしましょうか。魔法は一切使用禁止で、強化系もなしです。……ウィンディ、くれぐれも寸止めにするんだぞ」

「……？　うん、分かった」

　竜が魔法攻撃を放つ際に必ず口にする咆哮（ほうこう）を参考に作られた、特殊な魔法文字。それを組み合わせて陣を成し、魔力を込めることで世界の法則に干渉する力――魔法。

　人が、竜のような魔獣と対等に渡り合うために作られたその技術は、騎士やその卵達にとってはごく一般的なものだ。剣のみの決闘でも、身体能力を強化する類いのものは当たり前に使用されるほどに。

　もちろん、寸止めを前提に一切の魔法を使わない、軽い手合わせのような勝負形式も存在はするが……なぜフェリドが魔法を禁止し、わざわざそちらの決闘方法を選んだのか、ウィンディには分からなかった。

　あるいは……たとえ剣同士であっても、魔法を用いた勝負には専用の訓練場を使わなければならない決まりがあるため、移動の手間を嫌ったのだろうか。

「それじゃあ……外に出ましょうか」

ウィンディの予想を裏付けるように、フェリドが選んだ場所は拠点のすぐ目の前、広場とも言えない狭い土地だった。

確かに、ここで勝負するには強化系の魔法は過剰だろう。少し動いただけで壁に激突してしまう。

(私はそんなことにはならないけど、レミリーには不利。これなら公平)

ウィンディの強みは、人の限界を越え常に周囲を把握し続けられる、天性の視野の広さだ。動きに制限のかかる狭い場所は、間違いなくウィンディにとって有利に働く。

フェリドは、そんな不公平な勝負をさせるのを良しとしなかったのだろうと、ウィンディは考えた。

(王女様相手でも遠慮はしない。この勝負で、レミリーがどんな騎士か見極める)

真剣な眼差しで、ウィンディは刃を潰した訓練用の剣を構える。

一度は実戦を潜り抜け、騎士としての覚悟を決めた少女の放つ戦意の強さに、レミリーは怯んだ。

「じゃあ、始め」

「や……やあぁぁ……!!」

それでも、レミリーは一歩踏み出した。雄叫びを上げ、剣を振り上げて果敢にも自らウィンディへと仕掛けたのだ。

その勇気は、あるいは称賛に値するものだったのかもしれない。騎士ならそれくらい出来なければ困るのだが、それでもウィンディはそんな感想を抱いた。

そんな感想を抱くほどに、レミリーの動きが遅すぎたのだ。

「…………？？」

まず初めに浮かんだのは、何かの作戦か？　という疑問。

ドタドタと走る足運びは拙く、腰が上がっていて隙だらけ。何とか型通りの面打ちをしようという心意気は感じるのだが、振り上げた剣の重みで上体がフラついて危なっかしい。

足の動きと全く噛み合わないまま、腕の力だけで振り下ろされる剣に速度も重みもあるはずがなく、体の小さなウィンディでも素手で白刃取り出来てしまいそうだ。

何より……レミリーが剣を振り下ろした間合いは、ウィンディに剣を届かせるにはまだ若干離れすぎている。白刃取りなどという曲芸技を披露するまでもなく、そもそも当たらないのだ。

これが相手の油断を誘う作戦でなければ、一体なんだというのか。

レミリーがどんな動きをしても対応出来るよう、振り下ろされる剣の軌跡を最後まで見届け――そのまま特に何が起きるわけでもなく、固い地面に衝突した。しかも、その反動を握力のみで押さえきれず、剣を手離してしまっている。

カラン、と、虚しく響く剣の音。両者の間に微妙に気まずい空気が流れる中、レミリーはそっと落ちた剣を拾い上げた。

「す、素振りはここまでです……さあ、やりましょう!!」

素振りも何も、勝負はもう始まっているのでは？　とウィンディは思ったが、彼女の見せた謎（なぞ）の行動に理解が追い付かず、ツッコミを入れる余裕もなかった。

（次は、こっちから仕掛けてみよう）

ウィンディは体勢を低くし、ステップで一気にレミリーの懐（ふところ）へと飛び込む。

ただでさえ体の小さいウィンディだ。それが更に低く、地面を這うような動きで急接近すれば、相手にとって対処しづらいことこの上ない。

そうして行われた不安定な防御を弾（はじ）き、二撃目で確実に勝負を決める——そんな目論見（もくろみ）で放たれたウィンディの初撃は、そもそも反応されなかった。

「…………？？」

レミリーの視線は、未だにウィンディが直前まで立っていた位置に固定されている。

防がれることを前提に放たれた一撃は、何の妨害も受けることなくレミリーの懐へ。守りを突破するつもりで力強く振り抜いたため、寸止めするには勢いが付きすぎている。

攻撃を中断し、ウィンディは勢いよくサイドステップ。剣を抱き込むことで間合いを縮め、レミリーに当たる直前で空振らせる。

そのまま、一度大きく距離を取って——そこでようやく、レミリーが反応を示した。

「ひゃっ!?　え？　ウィンディさん、いつの間にそっちへ……魔法もなしに……え？　え……？」

「………」

ウィンディの脳裏に、カレンの言葉が蘇る。

――レミリー殿下はこう、ドジ、というか、鈍くさい、というか――

(そういうことかー)

全てを察したウィンディは、肩に入っていた力を抜いてフェリドを見る。

ちゃんと決着をつけてやれ、と視線で頼まれたため、特に気負うでもなくレミリーに近付く。

今度は、ちゃんと彼女が反応出来るよう、ゆっくりと。

「やあぁ……!!」

何とも気の抜ける掛け声と共に振り下ろされる、本当に気が抜けるほど緩やかな剣のひと振り。

それを正確に弾き飛ばしたウィンディは、流れるようにレミリーの首筋に剣を突き付けた。

「はいそこまで、ウィンディの勝ち」

「うぅ……負けてしまいました……」

「………」

反応速度、体の動き、剣の技術。どれを取っても間違いなく下の下だったレミリーの実力を感覚として理解したウィンディは、フェリドへと振り返って、一言。

「フェリド……フェリドってもしかして、ダメな子の方が好きなの?」

「違うからな？」

間違いなく自分も〝ダメな子〟だった自覚があるウィンディの問い掛けに、フェリドは断固たる口調で否を返すのだった。

「んー……火力は十分、ただし耐久性に難あり……現状では実戦配備に踏み切るのは難しい、か……」

　ウィンディとレミリーの勝負が終わった後、負けたことで落ち込んでしまったレミリーを宥（なだ）めつつ拠点に戻ったフェリドは、本来やるつもりだった書類仕事に精を出していた。

　フェリドが部隊長になる切っ掛けともなった事件、ブリセア山脈の激闘で帝国軍から鹵獲（ろかく）された《竜魔銃（ドラゴガン）》や、《竜縛の首輪（ドラゴレスト）》の性能評価試験。その結果の確認だ。

「どうするかな、これは……」

　指で軽く机を叩きながら、飛竜工房から送られて来た書類を眺めて溜（た）め息（いき）を溢す。

　首輪に関しては、〝飛竜契約なしに竜を強制的に従わせる〟という機能故に、あまりしっかりとは性能試験が出来なかったと記されている。

　竜と共に生きる王国の民にとって、竜の意思を無視して無理矢理縛り上げるような兵器は、いくら有用と分かっていても忌避感が勝る、その結果だろう。この流れは、フェリドも予想出来ていた。

問題は、もう一つ。本来であれば、危険な本契約を竜と結ばなければ使えない飛竜騎士の切り札、竜撃魔法（ドラゴマギア）。それを、誰もが使えるようになるという夢の魔法兵器——竜魔銃（ドラゴガン）の方だ。

竜に乗れさえすれば、誰もが究極の魔法を放つことが出来るというその謳い文句は素晴らしいのだが、やはり夢の新兵器にも、新兵器であるが故の問題点というのはどうしても付き纏（つ）うものらしい。それが、単純な強度の壁だ。

人が片手で扱えるような小さな形状では、竜撃魔法（ドラゴマギア）の出力に長く耐えられない。書類によれば、数発の使用で暴発の危険が生じるほどの負荷がかかっていると記されていた。

「使うなら、使い捨て前提で大量配備するか、竜撃魔法（ドラゴマギア）に耐えられるくらい大きくするかの二択ってことか。……少なくとも、王国に大量配備は無理だな」

工業立国である帝国と違い、王国には大規模な工場施設がほとんどない。ほんの数発で壊れてしまうものを、部隊の人員全てに十分な量支給するのは難しいだろう。

「となると、大きくするしかないわけか……でも、騎士が空の上で使えないなら、わざわざ竜の魔力で撃つ必要がないし……」

地上でなら、竜撃魔法（ドラゴマギア）に匹敵（ひってき）する魔法は既に存在する。

複数の魔法使いが陣形を組み、魔力を重ね合わせて発動する竜迎撃用の魔法——対竜魔法（ジャベリン）だ。

それを考えると、竜で運ぶのも苦労するような巨大竜魔銃（ドラゴガン）など存在価値がない。

「……いや、そうでもないか？」

そこで、フェリドの脳裏に一つのアイデアが浮かぶ。

それを纏めるべく、急いで紙とペンを用意して――

「フェリド～……助けて～……」

思考に耽(ふけ)るフェリドの耳に、ふにゃふにゃと気が抜けるような声が届いた。

声の主に目を向ければ、ウィンディが机の上で書類に埋(うず)もれて呻いている。

何をしているのかと、フェリドも思わず苦笑した。

「大体予想つくけど、どうしたんだ？」

「文字と数字がいっぱいで頭痛い……一つのことを確認するために、あっちこっち別の書類に飛んで調べなきゃならないし……あうぅ……」

どうやら、書類をあれこれ引っ張り出しては確認し、雑に戻してはまた確認しなければならなくなり……そんなことを繰り返しているうちに、整理されないまま積み上がった書類の山が崩れてウィンディを埋没させてしまったらしい。

やっぱり、と心の内で呟きながら、フェリドはウィンディの体を救出する。

「頼んでおいてなんだけど、ウィンディには書類仕事は難しいんじゃないか？　休んでてもいいんだぞ」

「だ、だめ……フェリド、最近ずっと寝不足だもん。私も手伝って、ちゃんとフェリドが寝られるようにする……!!」

　気合いと共に、再び書類へと挑みかかるウィンディだったが、すぐに目を回して机に突っ伏してしまう。

（……心配してくれるのは嬉しいけど、これはもうダメそうだな）

　口には出さずそう思ったフェリドは、ウィンディの積み上げた書類を半分ほど回収し、自分の席へ移していく。

「フェリドさん、私も受け持ちますよ」

　途中、レミリーが気を利（き）かせて書類へと手を伸ばした。その瞬間、接近したレミリーの胸元（むなもと）がちょうど視界に入ってしまい、フェリドは慌てて目を逸らす。

　そんなフェリドに、ウィンディからは若干冷たい視線を向けられた。

「あ、ありがとうございます、殿下」

　誤魔化（ごまか）すようにお礼を告げるフェリドに、レミリーはとんでもないと手を振った。

「今のところ、戦闘では全くお役に立てそうにありませんし、せめてこれくらいは……私、書類仕事は得意なんですよ」

「……みたいですね」

　フェリドが飛竜工房のデータをチェックしている間、レミリーとウィンディの二人は過去に王国で起こった戦闘のデータを整理していた。

　混成部隊（カオスガルド）は、新しい飛竜騎士の在り方、戦い方を模索するために作られた部隊だ。それを達成するためには、まず過去の戦訓を改めて学び直す必要がある。

資料室や図書室に、あれこれと雑多に詰め込まれた書類に目を通し、ダブった内容を省きながら可読性・検索性の高い一つの書類に纏め直す。そんな途方もない作業によって、ウィンディは瞬く間にダウンしてしまったが……レミリーは、既に自分に割り当てられていた分のデータ整理を終えていた。

実技はともかく、座学に関してはフェリドと並び学年トップクラスと言われるだけのことはある。

「うぐぐ、負けた……でも、まだ一勝一敗……勝負はこれから……!!」

「いや、何の勝負だよ」

フェリドのツッコミをスルーして、バチバチと視線から火花を飛ばすウィンディ。なお、それを向けられたレミリーは、どう反応すればいいか分からずオロオロしている。

「あ……そ、そうだ。私、お二人におやつ作って来たんです。少し休憩して食べませんか?」

「おやつ?　……殿下が作ったんですか?」

「はい、お口に合うかは分かりませんが……」

そう言ってレミリーが用意したのは、小さな包みに入ったクッキーだった。

今は同じ学生の身分とはいえ、高貴な王女様がそれを手作りして来たという特異な状況に、フェリドもウィンディも困惑を隠せない。

そんな二人の感情を、レミリーも読み取ったのだろう。少しばかり恥ずかしそうに言葉を重ねた。

「えっと、その……私、先ほど見せた通り色々と鈍くさくて、剣以外にもダンスや、体を動かすことはとにかく苦手だったので……何か一つでも、出来ることを増やそう、と、やってみたら……思いの外楽しくて……」

まるで言い訳するかのように、もじもじと王女の身でありながら料理をするようになった経緯を語る。

つまりは、彼女なりの努力の形、その一つが料理であり、このクッキーなのだろう。

そう考えるとなんとも微笑ましく、とても無下に出来るものではない。ありがたく、二人はそのクッキーを一つ齧った。

「っ……!! 美味い!!」

「こんなの、初めて食べた……」

想像を遥かに超える味に、フェリドは感動のあまりまじまじとクッキーを見つめ、ウィンディは凄まじい勢いで残ったそれを食べ進めていく。

上々と言っていい反応に、レミリーはほっと胸を撫で下ろした。

「殿下、これどうやって作ったんですか？　レシピとか教えて貰うことは……」

「あ、はい、私のレシピでよろしければ、いくらでも」

「ありがとうございます‼」

嬉々とした様子で、フェリドはレミリーに教えを乞う。

普段から、食いしん坊なウィンディに昼食の弁当を作り、帰省した際には妹におやつを用意したりするほど料理慣れしているフェリドだ。新しいレシピとなれば、興味が湧くのも当然だろう。

ただ、それにしても……と、ウィンディは少しばかり頬を膨らませる。

「あんな楽しそうな顔してるフェリド、初めて見た」

ウィンディは、フェリドから教わることは多々あれど、教えることなどほとんどない。故に、こんな――子供のようにキラキラとした瞳を向けられた経験は一度もない。

「むうぅ……美味しい……」

ポリポリとクッキーを齧りながら、ウィンディは複雑な心境で二人の様子を眺め続けるのだった。

第二章　乙女達の戦い

「カレン、私を女にして」

「……ウィンディ、いつも思うけど、あんたは言葉選びが悪すぎるよ」

いつものカフェでカレンと待ち合わせたウィンディは、例によって開口一番に爆弾発言をぶちこんだ。

同性のカレンだからまだマシだったが、これが異性なら１００％確実に誤解を生む言葉だろう。

カレンはもう慣れたので、いちいち動揺などしないが。

「で、今度はどうしたんだい？　レミリー殿下の女子力の高さを見て、ついにウィンディも女を磨く決心でもついたのかい？」

「ん、そんな感じ」

エスパー顔負けのカレンの要約に、ウィンディはこくりと肯定の返事を返す。

その後、遅まきながら現状を聞いたカレンは、「へえ」と興味深そうに呟いた。

「フェリドが絶賛するほどの料理の腕とは、私も食べてみたいね。頼んだら作ってくれないもんか」

「ん、すっごい美味しかった」

「それに加えて、書類仕事は完璧で気配りも出来て、更に言えばスタイル抜群でちょくちょくフェリドもチラ見してる感じがする、と。まあ、ウィンディが自信をなくす気持ちも分からないではないね」

けらけらと笑いながら並べられた要素に、ウィンディはズーンと影を背負う。

この国では、一般的に〝強い〟女性の方が好まれる、とされているが……それが言葉通り〝戦闘力〟を意味するのは、さすがに貴族だけだ。

貴族のような魔法技術を持たない平民にとっては、女性に求められる〝強さ〟とは戦闘力ではなく、男の稼ぎを元に家計をやりくりし、近所付き合いの中でいざという時の互助ネットワークを組織し、帰ってきた男を労りつつも時に尻を蹴飛ばして働かせる——我が家を城とし敏腕を振るう、女主人のような女性である。

その点、戦闘力こそほぼ皆無ながら、家事と事務の面で高い能力を発揮し、気配り上手で母性的な体型を誇るレミリーは、元平民のフェリドにとってかなり理想的な女性に映っているはずなのだ。

まさに、戦闘以外に取り柄のないウィンディにとってみれば、対極に位置する存在。危機感を覚えるなという方が無理である。

「だから……せめて、料理くらい……レミリーに勝ちたい!!」

「体型はもうどうしようもないからねえ」

力強いウィンディの決意に水をぶっかけるかのように、ズバリと痛いところを突くカレン。

ウィンディも決して魅力がないわけではないのだが、お子様体型と言われてしまえば否定は出来ない。

誰(だれ)よりも多く食べ、騎士として日々鍛錬も欠かさない現状でそれなので、ほぼ成長の見込みはないだろう。現実は非情である。

「……というわけで、カレン、料理教えて」

現実に打ちのめされた心をなんとか奮い立たせ、改めて頼み込むウィンディ。

しかし、そんな友人の懇願にカレンは困ったように頭を掻(か)いた。

「私も料理なんてほとんど出来ないよ、精々(せいぜい)夜営用のサバイバル食くらいさ。それでも、って言うなら……向かう場所は一つだね」

「向かう場所……？」

「ああ。王都にある、フレアバルト家の別邸。そこにうちの料理人が何人か勤めてるから、そいつらに教わるのさ」

思わぬ提案に、ウィンディは目を瞬かせる。

こうして彼女の、フェリドを振り向かせるための花嫁修業第一弾が、人知れず開始されたのである。

ウィンディがカレンの誘いで別邸に招待されている間、フェリドとレミリーの二人は空の上にいた。先ほど纏めたデータを元に、王国製の新しい装備の開発について技術者と相談すべく、飛竜工房に向かって竜で移動しているのだ。

工房は王都ではなく、そこから少し離れた僻地の山あいに存在するため、竜による移動で向かうのが基本なのである。

「レミリー殿下ー、ちゃんとついて来てますかー？」

フェリドが跨がるのは、ずんぐりと丸みを帯びた体を土色の鱗で覆った草食竜、地竜のグラド。

戦闘に向かない竜なのは確かだが、その大きな体はそれだけで多くの生物を萎縮させ、サイズに見合った強靭な筋肉は地上において並ぶものなき強大な力を発揮する。

しかし、そんなグラドであっても、隣を飛行するレミリーの竜と比べれば、ひ弱という感想を抱くかもしれない。

単純な大きさで比べても、グラドとほぼ同等。炎竜の中でもかなり大型な部類であり、そんな体を支える翼は勇ましく力強い羽ばたきを見せている。

全身を覆う黄金の鱗は、飛行に際して消費される魔力の残滓を浴びて輝きを放ち、太陽の如く地上を照らす。

　かつて、ただその竜が戦場に現れただけで全ての敵兵が戦意を喪失し、赦しを乞うかのように空を振り仰いだという伝説すら残る金色の竜が今――

「ま、待ってくださいレンリル、もう少し、もう少しだけ右です‼　風が左から吹いているから、ええと……あ、フェリドさん、何か言いましたか⁉」

　まるで青空の中で溺れるかのような、情けない飛行を見せていた。

　この事態には、さすがのフェリドも開いた口が塞がらない。

「剣も大概だったけど、飛行もこれほどとはなぁ……ちょっと予想外だ……」

　空の上を飛ぶのは、口で言うほど簡単ではない。

　地上に比べて遥かに風が強く、その方向もまちまち。個体ごとに微妙に異なる速度を揃え、鳥のように互いの距離を保って編隊を組むのは、飛び始めたばかりの飛竜乗りには非常に難しい。

　が……それはあくまで、飛び始めたばかりなら、という但し書きがつく。慣れた乗り手であれば速度や位置の調整などほぼ無意識で行えるし、空中における戦闘を目的として育成される騎士に至っては、これが出来なければ話にもならない。

　にも拘わらず、レミリーはまずその段階で躓いていた。

　真っ直ぐ飛ぼうと意識するうちに微妙に変わった風向きに流され、それを修正しようと慌てて操った手綱越しの指示が大袈裟過ぎる。結果、自身のイメージとレンリルの動きとで齟齬が生じ、立て直そうと混乱する中で益々焦りを募らせていき……それが、致命的なまでに拙い飛行となって表れていた。

　何か一つのことに意識を向けると、他のことが疎かになる。初心者にありがちなミスであり……つまりは、あまりにも視野が狭く、ほとんど周りが見えていないのだ。

「どうするかな、これは」

　フェリドとしては、レミリーの夢を応援したいと思っている。かつての自分と同じ目をした彼女を、放っておけなかったからだ。

　とはいえ、流石にこの状態のレミリーが騎士になるのは無理がありすぎる。彼女の存在は事務処理の面で非常に助かっているため、仮入隊を取り消すつもりはないのだが……正式に部隊員として迎えるのは、まだまだ不可能だろう。混成部隊でそれなのだから、他の部隊は更に無理だ。

「すみません、フェリドさん……こんな、ただ移動するだけの飛行でご迷惑をおかけして……」

　ややフラつきながらも、どうにか落ち着きを取り戻したレミリーが、しょげた表情でフェリドに謝罪する。

　実際、真っ直ぐ飛べずにフラつきながらでは飛行するのに余計な時間を取られ、行程に遅れを生じさせてしまうだろう。

「やっぱり、無茶ですよね。こんな私が、騎士になろうだなんて……」

　だが、その程度の迷惑など微々たるものだ。今回はある程度余裕を持った行程になっていることもあり、さほど落ち込む必要はない。

　それでも、レミリーにとっては無視出来るものではなかったのだろう。それほどまでに、彼女は現状を抜け出せないまま長らく苦しんで来たのだ。

「……うん、到着予定時刻までまだ時間はあるな」

　それを察したフェリドは、懐から時計を取り出して現在時刻を確認する。

「……？　それがどうしましたか？」

「せっかく時間が余ってるなら、少し飛行訓練しませんか？」

「え……えぇ!?」

　思わぬ発言に、レミリーは叫び……それに驚いたレンリルがバランスを崩し、またも空の上で慌てふためく羽目になっていた。

「大丈夫ですか？」

「だ、大丈夫じゃないです……!!　あの、今は部隊のお仕事を優先するべきでは……」

「今言った通り、時間はあります。それに、部隊員の訓練だって大事な仕事じゃないですか」

「そ、それは……でも、私はまだ仮入隊ですし……」

「言ったじゃないですか、一緒に夢の実現を目指すって。俺は、俺の夢のために殿下の存在が必要だと思ったから部隊に誘ったんです。だからその分、殿下の夢も、俺に手伝わせてください」

フェリドにとって真っ先に必要だったのが、書類整理やデータの管理を行える人材だ。その意味で、座学に限れば学内でもトップクラスの彼女の存在はとても大きい。

加えて、もう一つ——ある意味、ウィンディ以上に有名な〝落ちこぼれ〟の彼女さえも輝かせられる戦術を見出せたなら、それは間違いなく混成部隊（カオスガルド）の名声に繋（つな）がるだろう。

最強の部隊へと繋がる第一歩として、申し分ない成果だ。

「……分かりました。それでは、その……お願いしても、よろしいですか？」

「もちろんです。では早速……よっと」

小さな掛け声と共に、フェリドが宙に身を投げる。

へ？　と、レミリーが王女らしからぬ間の抜けた表情を晒（さら）す中、フェリドは彼女の背後、レンリルの背に着地した。

「ガァァ!!」

「ごめんなレンリル、少しだけ我慢してくれ」

何が起きたのか、レミリーにはまるで分からなかった。

それでも、徐々に現状への理解が進むにつれ、遅まきながらサーッと顔が青くなっていく。

「な、何をしているのですか、フェリドさん!?　ここがどこだか分かっているのですか!?」

何度も言うが、二人の現在地は高度千メトルを越える空の上。当たり前だが、落下すればまず命はない。

そんな場所で、フェリドは命綱もなしに竜から竜へと飛び移ったのだ。こんな常識外れの行動、どんな曲芸師でもやらないだろう。

それに加えて、レミリーの飛行はただでさえ不安定で、真っ直ぐ飛ぶことすら困難なのだ。鞍や手綱で手足を固定することすら出来ない今のフェリドは、いつ振り落とされてもおかしくない状況にある。とても、正気の沙汰とは思えない。

だが、そんな危険な真似をしたフェリドはと言えば、涼しい顔でレミリーへと体を寄せた。

「まあまあ、細かいことはいいんですよ。竜の乗り方を教えるなら、こうした方が都合が良かったってだけですから」

「こうした方が、って……!?」

尚も抗議しようとしたレミリーだったが、背後から回された手が自身の手に重ねられた途端、声を詰まらせて顔を赤らめる。

まるで、フェリドに後ろから抱き締められているかのような格好。指導のためだと分かっていても、異性とここまで密着したことがなかったレミリーは焦ってしまう。

「手綱は体を固定するためのものですが、魔力によって簡単な方向転換指示を出すための器具でもあります。こんなに力を込めていては、過剰に流れた魔力のせいで竜が指示内容を勘違いしてしまっても無理はありません。もっと肩の力を抜いてください」

「そ、そんなことを言われましても……こ、この状況でそれは難しいと言いますか……!!」

「んー、なら、そうですね……いっそ、こうしましょうか。はい、バンザーイ」

「っ!!⁉⁉」

ただ手を添えられるだけに留まらず、握り締めていた手綱から引き離されてしまったことで、レミリーの頭は混乱の極致に立たされる。

仮契約者であっても、竜には口頭で指示を飛ばすことが出来る。

とはいえ、やはり口では細かな機動を指示することは出来ず、微妙な匙加減を伝えるには手綱を使わなければならない。初心者であれば尚更だ。

まだ飛ぶことすらまともに出来ない状態で手綱を手放すのは、もはや自殺行為ではないか。

そんな考えから、恐怖でぐっと目を瞑るレミリーだったが……。

「……あ、あれ?」

変わらず真っ直ぐ――何なら、レミリーが手綱を握っている間よりも綺麗に、レンリルは無人のグラドと並んで飛行している。

目の前の現実に、レミリーの頭に疑問符が浮かんだ。

「驚きましたか? 意外とみんな忘れがちですけど、竜は本来、乗り手なんていなくても自力で空を飛んで戦える生き物です。だから、そんなに一人で背負わないで、もっと竜を頼ってあげてください」

「竜を、頼る……？」

「はい。まずは、それが騎士としての第一歩です。乗り手が竜を信じて、命を託す。だからこそ、竜もまた乗り手を信じてその指示に従い、翼になってくれるんです。それを忘れないでください」

　騎士は竜を操り、大空を制する者。少なくとも、レミリーはそう教えられてきた。だからこそ、レンリルの力に甘えるのではなく、己の力と意思でレンリルを導かなければならない。そうでなければ、騎士であると胸を張って言えないのだと、無意識にそう思い込んでいた。

　それと真逆を行くかのようなフェリドの教えは、不思議とレミリーの胸に染み込んでいく。

「……私は……」

「あ、ちょっとお待ちを、マズイです」

「え？」

　何か言わなければと悩むレミリーだったが、それより早くフェリドが焦りの声を上げる。

　直後、前方から勢いよく鳥の群れが突っ込んできた。

　飛行中の事故としては定番も定番。バードストライクだ。

「きゃあぁぁぁぁ!?」

　本来であれば、バードストライクなど簡単な魔法障壁一つで防げる事態だ。しかし今は不安定な体勢で竜に二人乗りし、あろうことか呑気にお喋りしている真っ最中だった。

制服に込められた魔法のお陰で怪我は避けられたが、鳥がぶつかった衝撃によってレンリルの背から弾き出され、仲良く地上に向かって真っ逆さまに落下していく。

「うーん、油断してました、すみません」

「すみません、じゃないですよ!!!! どうするんですかこれ⁉」

「大丈夫ですって、自分の竜を信じてください」

急速に地面が近付く中でも眉一つ動かさず、慌てるレミリーを落ち着かせるようにポンポンと背中を叩きながら、余裕の笑みすら浮かべてみせるフェリド。

わけが分からず混乱するレミリーだったが、そんな彼女の視界に見慣れた黄金の竜が映った。

「レンリル⁉」

「ガアァァァ!!!!」

墜落の危険も顧みず、全速力で急降下したレンリルの体が、二人の真下に滑り込んだ。

まるで、最初からそうなることが分かりきっていたかのように、フェリドはレミリーと共にレンリルの背に舞い戻る。

「ほら、言った通りでしょう？　竜を信じれば大丈夫だって」

事もなげに言うが、フェリドにとってレンリルは他人の竜だ。しかも、今日が初対面である。

そんな竜に迷うことなく命を預け、恐怖の感情すら見せずに手本を示す彼の姿が、レミリーの中でとある人物と重なった。

黄金の髪をはためかせ、炎竜乗り達を率いて雄々しく空を舞う第一王女。レミリーにとって、誰よりも憧れる姉の姿と。

「……すみません、少し調子に乗りました。飛行訓練をするにしても、ちゃんと内容を事前に詰めてからするべきでしたね。今日はここまでにしましょう」

黙り込んだレミリーを見て、怒っていると思ったのか。フェリドは申し訳なさそうに頭を掻き、着陸と同時に体を離す。

そのことに、レミリーはなぜか心細さを覚え――気付けばフェリドの服を摑み取っていた。

「あ、えっと、その……」

考えるより先に体が動いたため、言葉が上手く形にならない。

それでも、急かすことなく待ってくれているフェリドの優しさを嬉しく思いながら、どうにかその一言を絞り出した。

「これからも……少しずつでいいので、私に飛び方を教えていただけませんか……?」

「ああ、いいですよ。それくらいならいくらでも」

「……!!　ありがとうございます!!」

快く了承するフェリドの返事に、レミリーは花咲くような笑みを浮かべた。

その真っ直ぐな眼差しに、フェリドは少しばかり照れたように頭を掻く。

……この後、一人で無茶をやらかしたことについて、フェリドは相棒のグラドから散々に小突かれることになるのだが、それは余談である。

フレアバルト家の別邸は、王城や騎士学校などの公共施設を除いた私的な建物の中では、最大級の敷地面積を誇る。

紅魔石と呼ばれる深紅の石を用いて建てられたその屋敷は、もはや家紋による目印などなくとも誰もがその所有者を一目で判別することが出来るほどだ。

そんな屋敷の食堂にて、仏頂面（ぶっちょうづら）でテーブルに着く一人の男がいた。

カレンの弟にして、フェリドの同級生。ドラン・フレアバルトだ。

「なるほどな、姉貴がテンペスターを家に連れてきた理由は分かった。くだらんとは思うが、いちいちケチをつけるほどのことでもないからな。だが……なぜ、俺をここに呼んだ?」

彼が不機嫌な理由。それは、かつて決闘で自らを降（くだ）したフェリドの右腕とも言えるウィンディが、こうしてズケズケと家の敷居を跨いだから……ではなく、カレンとウィンディが料理修業をするというその名目で、なぜかこの場に呼び出されたせいだ。

「料理をするだけなら、俺は必要ないだろう。こっちだって暇じゃないんだぞ、姉貴」

「ウィンディが手料理を振る舞いたい相手がフェリドなんだ。ここは、同じ男の味見役がいた方が都合がいいと思ってね」

「だからってな……」

「それに、暇じゃないってあれだろう？　フェリドとの決闘の映像記録を延々と眺めて、こうすれば勝てた!!　って叫ぶだけのヤツ。同じ戦闘を延々反省したって限界あるし、気分転換だと思って付き合いな」

「…………」

　姉からのさりげない気遣いに、ドランは面白くなさそうに鼻を鳴らす。

　こんな態度を取っているが、彼も本音のところではカレンを敬い、大切に想っていることをウィンディは知っている。ブリセア山脈の戦闘の後、ドランがそれまでの因縁や己のプライドすら曲げて、フェリドにお礼の言葉を伝えたという話を小耳に挟んだのだ。

　素直になれないお年頃なんだろう、と、どこか微笑ましげな眼差しを送る彼女に、ドランは気味悪そうに顔を顰めた。

「なんだ、テンペスター。気持ち悪い目をしやがって。ふん、俺に惚れでもしたか？」

「…………」

　ドストレートな侮辱付きの冗談を投げられ、スッと目を細める。

　いっそ殴ろうか、などと物騒なことを考えるウィンディだったが、料理を習いに来た手前騒ぎを起こすわけにも行かない。

　なので、正直に思ったことを口にするだけで済ませた。

「冗談。そういうのは、せめてフェリドの千分の一の優しさと強さとかっこよさを持ってから言って」

「そこまでの差はない!!　貴様は俺をなんだと思っている⁉」

「竜の世話もまともにしないダメ男」

「こ、この……言いたい放題言いやがって……」

こめかみにビキビキと青筋を浮かべるドランに、ウィンディはべー、と舌を出す。

そんな二人の間にカレンが割り込み、まあまあと宥め始めた。

「それくらいにしときなって。これでもドランはあれからフェリドを見習って、自分から竜の世話も竜舎の掃除もしてるんだから」

「……そうなの？」

「ばっ……⁉　ち、違う!!!!　別にあいつを見習ったわけじゃない!!!!」

意外な情報に目をぱちくりさせるウィンディに、ドランは必死で弁明する。

竜の世話は、ウィンディにとっては自分でして当たり前の作業だ。

しかし、炎竜科の生徒にはエリートの上級貴族が多い分、そうした雑事は使用人の役目だと全くやらない者も少なくない。現に、ドランもその一人だった。

本当に改心したんだな、とまたも微笑ましい気持ちになったウィンディだが、それを表に出しても気持ち悪いと言われるのがオチなので、無表情を貫く。

「……なんだ、信じていないのか？　だったらついて来い、証拠を見せて……」

「いやそういうのいいから、ウィンディはさっさと料理するよ」

「ん、分かった」

無表情だと、今度は彼の言葉を疑っていると思われたらしい。

表情って難しいな、などと思いながら、ウィンディはカレンに連れられて厨房に入る。「そもそも、味見役なら料理が出来てから呼べよ」という、ドランの真っ当過ぎるツッコミが入った気がするが、それは二人揃ってスルーした。

「それで、何を作るんだい？」

「肉巻き。フェリドがいつも作ってくれてるから、今度は私が作ってあげるの」

「へえ、いいんじゃないかい？」

普段から慣れ親しんだ、思い入れ深い料理というわけだ。

それならば、味もしっかり頭に入っているだろうし、教えられながらちゃんと作ることも出来るだろう。

そう、思っていた。

「……おい、なんだこれは」

散々待ち惚(ぼう)けを食らいながらも律儀(りちぎ)に待っていたドランは、逃げれば良かったと早くも後悔し始めていた。

目の前に出されたものが、明らかに料理とは別の〝ナニカ〟だったからだ。

皿の上に乗った、辛うじて物体としての形を保っただけのそれを指して問うドランに、ウィンディは答える。

「肉巻き」

「そんなわけあるか!!!!　どう見ても炭だこれは!!!!　おい姉貴、うちの料理人が教えながらやったんだよな⁉　どうしてこうなった⁉」

「正直言うと、私も聞きたいくらいだね……」

ドランの絶叫に、カレンは少しばかり遠い目になる。

そう、何も問題はないはずだったのだ。

ウィンディは根が素直なので、特に奇妙なアレンジなど加えず言われた通りに作業を進めていた。

やはり、フェリドのためにと頑張っているからだろう。塩と砂糖を間違える、などというお決まりの失敗を犯すこともなく、一つ一つ確認しながら調理する姿はとても微笑ましく、プロ級とは言わずとも間違いなくちゃんとした料理が出来ると確信したのだ。

その結果が、これである。火加減も焼き時間も間違っていなかったはずなのになぜ、と、誰もが頭を抱えていた。

「というわけで、記念すべきウィンディの料理第一号だ。ドラン、味見よろしく!!」

「出来るわけないだろ‼‼　そもそも、そういうのはまず作ったやつが味見するべきだろう⁉」

「ん、それもそうかも」

ドランが叫んだ直後、ウィンディからさらりとそんな言葉が返ってくる。

は？　と溢しながらドランが振り向くと、ウィンディは炭の固まりにしか見えない自称肉巻きを齧っていた。

もぐもぐと咀嚼して飲み込んだ後、一言。

「まずい……」

「当たり前だろうが⁉　見ただけで分かるぞ、それくらい‼」

「でも、食べてみないと何が悪いかわからないし。だから、出来ればドランも食べてみて……何か気付いたことがあったら、私に教えて欲しい」

真剣に頼み込むウィンディに、ドランは面食らってしまう。

微妙な居心地の悪さに頭を掻き、悩むように呻き……やがて、一つ問いかける。

「テンペスター、お前は俺のことを嫌ってると思っていたんだが？　それなのにどうして、そこまでして俺に頼む？」

「……それは……」

「そもそもだ。俺の知ってるフェリドは、確かに八方美人のお人好しで、誰にでもすぐ優しくする人たらしの馬鹿だが……一度決めた女を料理だなんだの、些細なことで乗り換えるほど薄情な奴じゃないぞ」

「ん……知ってる」

「なら、別に止めたところでどうにもならんだろう。それでも続ける気か、料理修業」

「続ける」

迷いなく断言したウィンディに、ドランは言葉を詰まらせる。

代わりに、どうしてだと視線で問われたウィンディは、そのまま己の内心を語り始めた。

「レミリーは今、すっごく弱い。でも、フェリドが認めた子だもん、きっとすぐに強くなる。だから、私も今のままじゃダメなの。騎士としても、女の子としても、もっと強くなりたい」

フェリドは今頃、仲間に引き入れた彼女のことを鍛えているはずだ。ウィンディは、そう確信している。

誰よりも優しく、そして……混成部隊の、ウィンディと二人の夢のために頑張っているフェリドなら、きっとそうするはずだと。

「だって私、負けたくないもん。フェリドのことが好きだから……どんなことでも、フェリドにとっての一番は私でいたい。一番であり続けたいの」

真っ直ぐな想いを口にしたウィンディに、カレンも、厨房へと続く扉の陰からこっそり様子を見ていたフレアバルト家の料理人達も……そして、ドランでさえも胸を打たれる。

「そのために必要なら、私は相手が誰であっても、他人に頼ることに躊躇なんてしたくない。だから……お願い、ドラン。力を貸して」

改めて頭を下げるウィンディに、ドランは頭を抱える。

そのまま、何度も皿とウィンディの顔との間で視線を往復させ……やがて、皿に乗った真っ黒なそれを手摑みし、口の中へと放り込んだ。

「ぐぶっ、ぐっ、ぐふっ……!?」

その瞬間、口内を襲った凄まじい味に、ドランは悶絶する。

もはや、美味いとか不味いとかそういう次元ですらない。食材への冒瀆と言ってもいいその悍ましい料理に耐えながら、どうにか胃袋へと押し込んでいく。

「私がけしかけといてなんだけど……ドラン、大丈夫かい?」

「姉貴、は……黙って、ろ……」

プルプルと、生まれたての小鹿のように震えながら、どうにかドランは立ち上がる。

そして、今にも倒れそうになりながらウィンディの肩に手を置いた。

「ハッキリ言うが……不味い。こんなもの食わされたら、俺なら千年の恋でも冷める自信がある。つーか、才能がないって次元じゃない、こんなのどうやったらマシになるのか見当もつかん」

「……ん」

「それでもやるってんなら、味見役くらいは引き受けてやるよ」

思わぬ答えに、ウィンディは驚きのあまり目を見開く。

意外だと、声に出さずともハッキリと顔に書いてある少女の反応に、ドランは慌てて顔を逸らした。

「勘違いするなよ!!　俺はただ、フェリドが俺に倒される前に、貴様のクソ不味い料理で再起不能にでもなったら困ると……それを心配しているだけだ!!」

「ふーん、つまり、ドランもフェリドのやつが好きになっちまったわけか。まさか弟が籠絡（ろうらく）されるとは、フェリドの人たらしも相当だね」

「ふっっっざけんなよクソ姉貴!!!!　俺（おれ）にそんな趣味はねえ!!!!」

「え……ドランもライバル……?」

「真に受けんなテンペスターのバカ娘が!!」

ギャンギャンと怒り狂うドランに、ウィンディはそっと警戒の眼差しを送り、カレンは腹を抱えて笑い出す。

賑やかなその騒ぎ声は、それからしばらくの間、フレアバルト家の名物として密かに観賞され続けることになるのだった。

飛行途中で訓練を挟んだことで、ややその行程に遅れを生じさせてしまったフェリドとレミリーだったが、ついに飛竜工房へと到着した。

その異様な建物に、レミリーは思わず感嘆の声を漏らす。

「うわぁ……!! ここが、飛竜工房ですか……初めて来ました……!!」

山の谷間にひっそりと隠れるように存在する、巨大な施設。

巨大とは言うものの、その威容は並び立つ山々とそこから生える無数の木々で覆われ、施設全体に塗られた迷彩色もあって空から見付けるのは容易ではない。

それでいて、地上から徒歩や馬で向かうには、やはり周囲の山や森があまりにも障害として厄介に過ぎる。何の準備もなしにここを訪れようとすれば、簡単に遭難してしまうだろう。

ヤーゲルや飛竜などの、空を飛ぶ移動手段。そして、目視に頼らず天測などによる位置座標の確認を元に正確な飛行を可能とする案内人の存在。

その二つが揃って初めて訪れることが出来る、トライバルト王国最重要機密施設。それが、この飛竜工房だった。

「騎士学校の生徒でも、滅多にここには来れないんですよね? フェリドさんは、部隊長になる前からここを頻繁に訪れていたと聞きましたが……」

「滅多に、っていうと少し語弊がありますかね。身分の保証がしっかり出来て、単独飛行でも問題なくここに辿り着けるだけの飛行技術があると認められた生徒なら、案外許可を取るのは簡単ですよ」

フェリドの場合、後見人としてフローリアの名が存在するため、身分の保証という意味では平民だった頃から何の問題もなかった。

飛行技術についても、学年首席の地竜乗りに信頼がないはずもないため、周囲の評判と比べれば随分と気軽に立ち入ることが出来る施設、というのがフェリドの認識だった。

……単に、機密性の高い施設であるせいで気軽におつかいを頼める生徒が少なく、そのおつかいを快く引き受けてくれる生徒ともなれば更に少ない。その両方を兼ね備えたフェリドは、教師達にとって非常に貴重な人材であるため、今後とも頼みを聞いてくれるようにと、多分に便宜を図られているというだけの話なのだが。

「これからは、レミリー殿下も頻繁にここを訪れることになると思うので、早めに道を覚えてくださいね」

「えっ⁉　えーと、その……が、頑張ります……!!」

現状では飛ぶだけでも精一杯なレミリーが、この場所まで一人で辿り着くのはほぼ不可能だろう。慣れた者でも、少々難しい位置にあるのだから。

にも拘わらず、当たり前のように告げるフェリドの言葉を期待の表れだと前向きに捉えることにしたレミリーは、気合いを入れるように拳を握る。

「それじゃあ行きますか。そろそろ、案内してくれる人が来るはずで――」

「フェーリドーーー!!!!」

そんな時、施設の中から声が響く。

一体何事かと驚いたレミリーが顔を上げると、そこには凄まじい速度で地上を滑るように移動する、一人の少女がいた。

「会いたかったよ、我が同志ーー!!」

「同志じゃないし、危ないからやめろって言ったろ、それ」

フェリドが指先で魔法陣を描くと、少女の前に空気の層が形成される。

硬化しきっていない、クッションのような弾力を持つそれに突っ込んだ少女は、「ぐへぇ!?」と情けない声を上げて急停止した。

「いっつ〜、ちょっとフェリド、無二の親友に対してその扱いはどうかと思うな!?」

鼻の頭を押さえながら、少女が抗議の声を上げる。

一言で言えば、随分と変わった風貌の少女だった。

雑に短く切られた桃色の髪は四方八方に跳ね回り、身に纏う衣装もボロボロの作業服。足には、魔道具製のローラーブレードのような靴を履いている。

一見すれば、少年のようにも見えなくはない格好だが……僅かに盛り上がった胸の膨らみと腰回りのくびれは間違いなく女性のそれであり、初見だからと性別を間違う者はそういないだろう。

そんな少女に、フェリドは呆れ顔で告げた。

「引きこもりのお前はともかく、俺はお前以外にも友達いるんだっての。少しは落ち着け、モルモ。殿下の御前だぞ」

「おおっと、そうだった!!　初めまして殿下、ボクの名前はモルモ・ドワルゴン。この飛竜工房を取り纏(と)める工房長の娘だよ、よろしくお願いします!!」

ビシッ、と、形だけはしっかりと、元気な自己紹介をするモルモ。

その勢いにやや押されながら、どうにかレミリーも挨拶(あいさつ)を交わした。

「そ、そうでしたか。フェリドさんにご紹介頂いた通り、私はレミリー・ウィル・トライバルトです。ですが、今日はあくまでフェリドさんの部下、混成部隊(カオスガルド)の一員として参りましたので、モルモさんもそのように接してください」

「分っかりました!!　じゃあフェリド、レミリー、行こうか!!」

「あ、は、はい……」

そのように接してくれ、と言ったのはレミリー自身であり、何の文句もないのだが……言われた直後から言葉を砕いて、ごく気楽な態度で応じるモルモの切り替えの早さには、流石に戸惑いの色を隠せない。

そんなレミリーに、フェリドは苦笑と共に口を開いた。

「すみません、モルモは年がら年中この施設の中で過ごしているみたいで、少しこう、世間知らずというか……あんな調子ですけど、悪いやつじゃありません。これからも変なこと言うかもしれませんが、気を悪くしないでやってください」

「あ、いえ、それは全然大丈夫です、ご心配には及びませんよ。むしろ……」

むしろ、フェリドにも彼女のように、気楽な態度で接して欲しい。そう言おうとして、レミリーは口を噤んだ。

もし迷惑に思われたらどうしよう――そんな恐怖心が、ふと浮かび上がったのだ。

「そう言って貰えると助かります」

結局それを口にすることは出来ず、レミリーはフェリドに続いて工房の中へと足を踏み入れる。

中の様子は、外とは一転して熱気と轟音に支配されていた。

飛竜騎士に関する装備品の数多くをここで開発・研究しているだけあり、今も様々な工作機械が魔法を動力として稼働し、各種装備品のサンプルを生み出しているのだ。

そんな工房の一室、恐らく装備の設計を行うために存在する部屋へと案内されると、そこには一人の大男が座っていた。

「おーい父ちゃん!! フェリドが来たぞー!!」

「おおう、ようやく来たかぁ」

男が立ち上がると、小柄なモルモが隣にいるせいか、余計にその大きさが際立つ。

綺麗に剃り上げられた頭はつるりと光り、体中についた大小様々な傷痕は、まるで歴戦の戦士のよう。しかし見る者が見れば、その体に刻まれているのは戦闘によるものではなく、工房の作業によってついたものだと分かるだろう。

今よりも格段にこうした機械作業が危険だった頃から、長らく飛竜騎士の装備を作ることに人生を捧げてきた、職人の中の職人。

飛竜工房の長、ダグル・ドワルゴン。モルモの父親だ。

「フェリド、恋人が出来たって話だったが、その子がそうなのか？」

「違います。この方はレミリー王女殿下、今日は一緒に王国製の新装備について意見を纏めるため、部隊の一員としてご同行願いました」

「よろしくお願いします、工房長」

レミリーが軽く頭を下げると、ダグルもまた「おっと、これはとんだ失礼を」と慌てて頭を下げる。

しかし、そこはやはりモルモの父親と言うべきか。一度挨拶を交わし、まず初めにと竜魔銃（ドラゴガン）の名前が出た途端、一気に職人の顔となって王女への遠慮などどこかへ消し飛ぶ。

「フェリド、竜魔銃（ドラゴガン）についての俺達の見解は、送ったデータが示す通りだ。その上で、お前はどうするべきだと思う？」

椅子（いす）に戻り、直前までチェックしていた書類を押し退（の）けて竜魔銃（ドラゴガン）のデータを並べ、更に――ゴト、と。戦場からフェリドが持ち帰った、帝国の竜魔銃（ドラゴガン）、そのサンプルを一つ置く。

「少なくとも、王国騎士が運用するならある程度の大型化は避けられないと思っています。帝国製は剣同様、片手で扱うことを前提としていますが……両手で扱うライフル型にすれば、耐久性もかなりマシになるんじゃないでしょうか」

ダグルの対面に腰掛けながら、フェリドは竜魔銃を手に取り片手で弄ぶ。

小さいから、この魔道具は竜撃魔法の出力に耐えられる強度を持たせられない。ならば大きくしてしまおうという、単純明快な回答だ。

しかし、そんなフェリドの意見に対して、ダグルが渋面を作る。

「だが、いいのか？　飛竜騎士は、せめて片手くらいは手綱を握ってなきゃ、すぐに振り落とされるだろう」

もっともな懸念に、ついさっき両手を離して飛行したせいで落下してしまったレミリーは、何度も頷く。

ただ真っ直ぐ飛んでいるだけならまだしも、空戦の最中は竜が高速で上下左右に動き回り、その分だけ乗り手も大きく振り回される。その遠心力を足の力だけで押さえ込むのは、歴戦の騎士であってもなかなか難しいものがあるだろう。

ごく自然に湧いてくるその疑問に、フェリドは用意していた一つの回答を示した。

「簡単ですよ。竜魔銃を使う時は、滞空したまま動かなければいい。部隊を二つに分けて、片方はこれまで通り前で剣を用いて敵の空戦戦力と交戦、もう片方がライフル型竜魔銃で後方からの対地攻撃、及び空戦部隊の援護射撃を担当するんです」

「……なるほどな。つまりは飛竜騎士の部隊に、歩兵と同じく新しい〝兵科〟を設けようってわけか」

シンプルな対応策に、ダグルは感心したように顎を撫でる。

大型の竜魔銃（ドラゴガン）では、使用中に激しい空戦機動は取れない。ならば、取らなくても問題ない位置から使用させ、その護衛を従来の騎士に担当させればいい。

斬新なようで、歩兵部隊を参考にしているだけあって奇抜というほどでもない。堅実で納得のいく戦術だった。

「元々、天竜部隊（エアガルド）が制空戦闘を担当して炎竜を援護し、その間に炎竜部隊（フレアガルド）が地上を攻撃することが多かったですからね。それに少し専門性を与えただけですよ」

フェリドは謙遜するが、全く新しい武器を見て、すぐにそれを思い付くのは容易ではない。

フェリドさんは凄いなぁ――などと、レミリーはどこか他人事のような感想を抱きながら、今後のためにと二人の会話をメモに取っていた。

「それで、考案した戦術はまずフェリドの部隊で試すんだろう？　やっぱりフェリドが自分で使うのか？」

ダグルも、フェリドが現在所属している混成部隊（カオスガルド）が、新兵器・新戦術の試験を行うための実験部隊だと既に知っている。

だからこそ、その記念すべき最初の装備は自分で使うのかという問いかけに、フェリドは首を横に振った。

「いえ、これは殿下に使って貰おうと思っています」

「殿下に使って……って、え、えぇぇ⁉　な、なぜ私が⁉」

まさか自分が指名されるなどとは夢にも思っていなかったレミリーは、あからさまに動揺を露わにする。

そんな彼女に、フェリドはごく軽い口調で答えた。

「だって殿下、剣は使えないじゃないですか」

「いえ、その……それはそうですけど、王国内に限れば完全に初めてになる新兵器の持ち手の話なんですよね⁉　それを、剣もまともに扱えない私が持つなんて……‼」

「だからこそです。竜魔銃（ドラゴガン）が実用化されれば、剣に代わる新たな飛竜騎士の武器になる。……これまで、剣の才がないせいで伸び悩んでいた騎士が、新たに輝くことの出来る装備になれるかもしれないんです」

飛竜騎士にとってもっとも定番でよく使われる攻撃手段は、竜による魔法——口から吐き出すブレス攻撃だ。

しかし、それはあまり連発が利（き）くものではなく、攻撃可能な角度も限られている。そのため、飛竜騎士同士の戦闘となると、どうしても手数が足りなくなってしまうのだ。

それを補うため、騎士の魔法による飛行妨害や、剣による攻撃で相手の騎士を叩き落とすなどといった、騎士が持つ攻撃手段が非常に大きな意味を持つ。

剣を上手く使えないというのは、それだけで空戦における大きなハンデとなり得たのだ。少なくとも、これまでは。

「剣を扱えない殿下が、竜魔銃（ドラゴガン）を中心とした新たな戦術を示す騎士となる。それ自体に、とても大きな意味があるんです。それに……俺は、殿下なら問題なく使いこなせると思っています。どうか、騙（だま）されたと思って試してみて頂けませんか？」

レミリーは剣を扱えないが、それは根本的な運動神経の悪さが原因だ。その点、狙撃であれば剣ほど飛び抜けた運動神経は必要なく、敵との相対距離や速度などを冷静に分析、照準を合わせる集中力こそ必要になる。

その集中力の高さこそ、レミリーが持つ一番の素質ではないかと、フェリドは思っていた。

「そ、それは……その……」

「それに、俺とウィンディにはライフル型以外に試さなきゃならない装備がありますからね」

自信が持てず答えに窮するレミリーに、フェリドはそう伝える。

他の装備？　と首を傾げるレミリーだったが、その答えを聞くより早く、いつの間にかモルモが背後へ回り込んでいた。

「はーい、レミリーの役目は決まったから、竜魔銃（ドラゴガン）をどこまで大型化出来るかのデータを取るためにこっち来てねー」

「え、えぇぇ⁉　あの、ちょ、せめて心の準備を……」

「いいからいいから～」

ウキウキで背中を押していくモルモに流されるように、レミリーが別室へと連行されていく。

そんな二人の少女を見送り、男二人だけになった途端。ダグルは声を潜めてフェリドに問い掛けた。

「で、フェリド。レミリー殿下が本命じゃないのは分かったが、それなら本命はどこの誰で、どんな子なんだ？」

「ダグルさん、聞き方がオヤジ臭いですよ」

色々聞き出してからかってやろうという思惑を微塵も隠すつもりがなさそうなダグルに、フェリドは思わず頭を抱える。

とはいえ、別に隠すようなことでもないので、フェリドは胸元（むなもと）から写真を取り出して机に置く。

「ウィンディ・テンペスター。俺の一個下の後輩です」

「ほほう、随分可愛（かわい）らしい子じゃねえか。写真を持ち歩いてるなんて、よっぽど惚れ込んでるんだな」

「……騎士は、空の上でも自分の帰るべき場所、守るべきものを見失わないために、大切な人の写真を常に持ち歩くって聞いたんで」

　ニヤニヤと面白がるような視線を向けるダグルに、フェリドはそっと目を逸らす。

　ウィンディへの想いを偽るつもりなどサラサラないが、それはそれとしてやはり口に出すのは気恥ずかしい。そんなフェリドに、ダグルは写真を返しながら言葉を重ねる。

「いいじゃねえか、男は守りてえもんを手に入れて初めて一人前だ。フェリドもこれで、大人の仲間入りってわけよ」

「ダグルさん……」

「で、どこまで進んだんだ？」

「色々台無しな質問やめてください」

「いいじゃねえか、言って減るもんでもあるまいし」

「ウィンディの尊厳が減りますし、そもそもまだ告白しただけで何もしてません。そういうのは卒業して、正式に混成部隊（カオスガルド）が軍に認められてからって決めてるんで。それより、いつまで関係ない話してるんですか、早く続きを話しますよ」

　お堅いやつめ、というダグルの文句を聞き流しながら、フェリドはレミリー用の竜魔銃（ドラゴガン）とは別の新たな装備の構想を纏めた書類を机に並べていく。

　ひとまずその見出しをざっと確認したダグルは、ピクリと眉を顰（ひそ）めた。

「こっちの地竜用の装備は分かるが……こっちは、《竜縛の首輪（ドラゴレスト）》を元にした装備か？　お前がこんなものを使おうとするなんて、意外だな」

竜を縛り、契約を介さず強制的に従わせる帝国騎士の標準装備――《竜縛の首輪(ドラゴレスト)》。

契約を結ばずとも、誰もが竜に乗って騎士として戦えるようになるというそのコンセプトは魅力的だが、竜を強制的に支配するというやり方が、竜を友とし共に生きる王国民にとってはどうしても受け入れがたいということで、その仕組みを解析するだけで半ば放置されている装備だ。

それを、まさか誰よりも竜を大切にしているフェリドが持ち出そうとしているとは思いもよらず、ダグルは驚きを隠せない。

「別に、これをそのまま使おうなんて思ってませんよ。次のページまでちゃんと確認してください」

「む……？」

ペラリと一枚書類を捲(めく)り、ダグルが続きに目を通す。

それに合わせて、フェリドは口でも説明を続けた。

「倫理的な面ではもちろんですけど、装備としても《竜縛の首輪(ドラゴレスト)》は欠点が多いです。飛行中に壊れたら終わりですし、これを使うと竜の思考を鈍らせてしまうので、騎士の視界と反応速度に戦闘能力を依存し過ぎてしまいます」

ですが、と、フェリドは書類の一部を指で叩(たた)く。

「帝国が見せた、竜を自由に乗り換えられるという利点を生かした騎士の移動速度向上は、非常に厄介です。俺達王国の騎士団が、数で劣りながらも他国に対し保っていた優位性……機動力の差が失われたどころか、逆転されたに等しい」

戦闘時における機動力なら、まだ騎士個々人の練度に差がある以上、王国の優位は揺らがないだろう。

しかし、戦略的な機動力の話になると、どうしても帝国騎士に劣ってしまう。

今、このままでは。

「だからこそ、この装備の仕組みだけ拝借して、全く新しい装備に作り替えます。竜の魔力に外から干渉し、好きに弄れる魔道具なんですから……他の物に干渉して、竜が使える形に魔力を変化させることも出来るでしょう」

「蓄魔石を使った、竜の飛行距離延長装備ね……よくまぁこんなものを思い付くな」

蓄魔石というのは、中に魔力を溜め込む性質を持った石のことだ。

本来生物のみが持つ魔力を、無機物たる石が蓄積し保持している。その珍しい特性から名前だけは有名なのだが、これまではさしたる使い道もなく無視されていた。

だが、《竜縛の首輪》、そして《竜魔銃》に使われている技術を使えば、蓄魔石から魔力を抜き出し、竜の外付け魔力タンクにすることが出来る。フェリドはそう考えていた。

「ウィンディはうちのエースですけど、竜の魔力不足による飛行距離と交戦可能時間の短さ、それに伴う火力不足が欠点ですからね。この装備が実現すれば、あいつはこれまで以上に自由に空を飛べるはずなんです」

前回の戦闘では、フェリドが戦場までウィンディを運ぶことで魔力不足を補った。しかし、毎回毎回それが出来るわけではない。

ウィンディが名実共に最強になるために、今出来るサポートは全てやり尽くしたいのだ。

そんなフェリドの思いに、ダグルは微笑ましさを覚え——

「それから、こっちはウィンディ専用の鞍の設計案です。今のだとあいつには大きすぎますし、ちゃんとオーダーメイドした方が空戦機動でかかる負荷がかなり抑えられるでしょう。それから、こっちは剣の設計案ですね、これも蓄魔石を利用すれば、乗り手の消耗を抑えて魔法剣が使えるんじゃないかと。それから騎士団服に刻む魔法についてですけど、これも現状から少し変えて……あと、通信用魔道具も専用のものを……」

「待て待て待て、お前はこの一回でいくつの案を持ってきたんだ⁉」

次々と積み上がっていく書類の山に、ダグルは慌てて声を上げる。

対するフェリドは、そんな工房長の反応にはてと首を傾げた。

「俺と、ウィンディと、レミリー殿下の分を合わせてざっと二十くらいですけど、少なかったですか？」

「少ないわけあるか‼　こういった依頼は普通、一つずつ順番にやるもんだろうが⁉　並行するにしても二つ三つだ!!」

「頑張ってください。うちの部隊用に回された年度予算、八割出しますから」

「……お、おう。随分大盤振る舞いじゃねえか……いきなりそんなに使って大丈夫なのか？」

「結果さえ出せば、追加予算の申請も通るでしょう。ウィンディや殿下なら、必ず出来ます」

まるで自明の理を説くかのような気軽さで、フェリドは断言する。

その揺るぎない信頼が窺える眼差しに、ダグルは頬を緩めた。

「……分かった、技術的に不可能って部分は無さそうだし、出来るだけ早く作ってやるよ。他ならぬお前の頼みだしな」

「無茶言ってすみません、よろしくお願いします」

「いいってことよ。その代わりって言っちゃなんだが……」

ちらり、と、ダグルが周囲に視線を走らせる。

誰もいないことを確認した彼は、声を潜めてフェリドに耳打ちした。

「今度、娘に騎士学校のいい男を紹介してやってくれねえか？　あいつ、あの歳になっても工具と魔法が恋人だとか抜かしててなぁ……あのままじゃ行き遅れになっちまうよ」

「いや、本人に頼まれたならまだしも、親がそこにちょっかい出すのは余計なお世話なんじゃ……」

「バカ野郎、娘の将来を心配するのは親の義務だろうが!!　別に、工房を継げるような技術者とは言わねえよ。こう、気立てがよくて優しくて、娘に何不自由なく生活させてやれるような金持ちで、尚且つ一途にモルモを想ってくれるような相手なら誰でも……ぐほぉ⁉」

娘の婿に望む条件について熱く語っていたダグルが、どこからともなく飛んできたスパナに吹き飛ばされて転がっていく。

振り返れば、そこには何かを放り投げた格好で顔を赤くしている、モルモの姿があった。どうやら、レミリーとの作業は終わったらしい。

「全く父ちゃんは、何をバカなこと言ってるのさ⁉　ごめんねフェリド、このバカの言うことは真に受けなくていいから」

「ああ、最初から聞くつもりないから安心しろよ。けどモルモ、彼氏の話は横に置いとくとしても、ずっとここに引きこもってばっかりってのは良くないと思うぞ？　たまには町に遊びに来たらどうだ？」

「心配しなくても、たまに騎士団の空中演舞とか見に出掛けてるよ。それに、ボクの生き甲斐はここにあるから‼」

実の親を吹き飛ばした自慢のスパナを拾い上げ、高々と掲げ宣言するモルモ。

これは、当分色恋沙汰とは無縁の暮らしを送りそうだな――と、口には出さずそう思ったフェリドの肩を、か細い指がちょんちょんとつついた。

「フェリドさん、こちらは終わりましたが……ええっと、大丈夫ですか？」

「この親子にとってはいつものことですから、気にしなくて大丈夫ですよ。それじゃあ、用も済んだことですし、俺達は王都に戻りましょうか」

「は、はい」

「おおいフェリドぉ‼　ちょっと待て‼」

騒がしい親子を放置して立ち去ろうとするフェリドを、ダグルが今一度呼び留める。

一体何かと振り返った少年に、ダグルは穏やかな表情で語った。

「お前が相手を大事に想ってるからこそ、余計に奥手になっちまう気持ちは分かるが……せめて、その想いだけはちゃんと普段から口にしとけよ。騎士なんて因果な商売してるんだ、いつまで一緒に飛んでいられるかなんて、誰にも保証は出来ねえぞ」

「………」

飛竜工房の長、ダグル・ドワルゴン。彼の妻は元飛竜騎士であり、訓練中の事故で帰らぬ人となっている。

それを知っているフェリドからすれば、彼の忠告には言葉に出来ない重みがあった。

「肝(きも)に銘じておきます」

だからこそ、ただ適当に聞き流すのではなく、真っ直ぐ顔を見てそう答える。

そんなフェリドの返答に、ダグルはふっと笑みを浮かべ――そのまま、モルモの足に踏みつけられた。

「いでぇ⁉　こらモルモ、父ちゃん今すっごい良いこと言ってたとこだよ‼　少しは空気読んで‼」

「いやむしろ、父ちゃんが全く似合わないこと言ってるから、ちょっと鳥肌立っちゃって、つい」

「似合わない⁉　似合わないって言ったか今⁉　流石に父ちゃんも傷付くぞ今のは‼」

「うるさい」

「ぐほぉ⁉」

仲睦まじい（？）親子のやり取りに苦笑しながら、今度こそフェリドはその場を後にする。

その後ろに続く形で歩きながら、レミリーは先ほどのダグルの言葉を反芻（はんすう）していた。

「いつまで飛んでいられるか分からない……だから、想いは口に……ですか……」

その呟きは工房の機械音にかき消され、誰の耳に届くこともなく虚空（こくう）に溶けていくのだった。


「レミリー、勝負」

フェリドが飛竜工房に向かい、様々な装備について作成依頼を出してから数日後。混成部隊（カオスガルド）の拠点にて、またもウィンディがレミリーに喧嘩（けんか）を吹っ掛けていた。

前回と違う部分があるとすれば、なぜかその手にフライパンを掲げており、ついでにカレンが後ろに控えているという点か。

「ウィンディ、一応聞くが……なぜ、何の勝負を？」

「一勝一敗で先延ばしになってた勝負の決着をつける。料理で」

「だから、元々何のための勝負なんだよ⁉」

フェリドからの盛大なツッコミをスルーし、ウィンディはレミリーをじっと見つめる。

客観的に見て、そんな勝負を受ける必要も義理もレミリーにはない。そもそも、何のための勝負なのか、レミリーにもよく分からないのだ。

それでも……ウィンディの真剣な眼差しを受けて、レミリーは一つ頷いた。

「分かりました、受けて立ちましょう。その代わり、というわけではないですが……私が勝ったら、その……ウィンディさんの剣、私に教えていただけませんでしょうか……？」

「ん、いいよ」

レミリーからの提案に、ウィンディは二つ返事で快諾する。

こうなってしまっては、もはやフェリドに止めることなど出来ない。まあ、剣と違って誰が怪我するものでもなし、放っておこう……そう、他人事のように思っていたのだが。

「ちなみに、この勝負の審査員はフェリドだからね。よりフェリドを満足させる料理を作った方が勝ちってことで」

「なんでカレン先輩が仕切ってるんですか……もしかして、先輩がウィンディをけしかけたとか？」

「人聞きの悪いこと言わないでおくれよ、あくまで私は手を貸しただけさ」

肩を竦めるカレンに、フェリドは溜め息を一つ。

ともあれ、審査員をやることはフェリドにとっても吝かではない。レミリーの料理は美味しいし、ウィンディの料理がどのようなものかは純粋に興味がある。

唯一問題があるとすれば、ここ数日混成部隊の仕事でかかりきりだったせいで、すっかり溜まっている学校の課題が進まないことだが……まだ何とかなるはずだと、フェリドは己に言い聞かせた。

「それじゃあ、行こ」

ウィンディの先導で、向かった先は女子寮の食堂だった。

既に話は通してあるのか、フェリドがいても特に何も言われることなく中に入ると、多数のギャラリー（全員女子）に囲まれたキッチンに到着する。

ただ一人の男子としてそこに放り込まれたフェリドとしては、居心地悪いことこの上ない。

最近は少し収まってきたとはいえ、未だに玉の輿を狙う女子生徒にアプローチをかけられることもあるので尚更だ。

「ちなみに、場所のセッティングは私がやった」

「こっちは素直に認めるんですね、カレン先輩」

「その方が盛り上がると思ってね」

「俺は早くも胃が痛いです」

突き刺さる無数の視線に耐えながら、フェリドはカレンのルール説明を聞く。

とは言っても、先ほど決めたものと概ね内容は変わらない。ウィンディとレミリーがこの食堂にあるものを使って料理を作り、よりフェリドが美味しいと感じた方が勝者となる。

「勝った方はフェリドを一日好きに出来る権利を得るから、気合い入れてやるように!!!!」

「聞いてませんけど!?」

「今決めたからね」

謎（なぞ）の追加ルールにギャラリーが沸き立ち、フェリドは頭を抱えた。

そんな彼に、カレンは小さく耳打ちした。

「ま、楽しみに待ってなって」

ポン、と肩を叩かれ、フェリドは大人しく成り行きに身を任せることにした。

「それじゃあ、開始!!」

カレンの音頭で勝負が始まり、二人の少女が調理を始める。

片や、やや戸惑いながらも淀みない手付きで。片や、決然とした表情ながらもやや拙い手付きで。

調理が進むのに合わせて香ばしい匂（にお）いが辺りに立ち込め、どこからともなく空腹を告げる腹の音が鳴る。

誰が鳴らしたのか、などという不名誉な犯人探しを女子だらけの空間で出来るはずもなく、フェリドは調理を続ける少女達の姿をじっと見つめていた。

「よーしそこまで!! それじゃ、二人とも料理を持ってきな」

やがて調理工程が全て終わり、カレンの指示でそれぞれの料理がフェリドの前に運ばれて来る。

ウィンディが作ったのは、何とも家庭的な肉巻きだ。見栄えもそれなりに良く、香りも食欲をそそる。

一方、レミリーが作ったのは……。

「すみません、急な話だったのでシンプルな料理にしましたが……お口に合えば幸いです」

プロ顔負けの、ふわとろオムレツだった。

軽くスプーンを入れた瞬間にとろりと溢(あふ)れ出す黄色の洪水は、もはや学生の料理対決という次元ではない。

もはや口にするまでもないほど、力の差は歴然。予想外にハイレベルなレミリーの料理に、カレンでさえ口を閉ざしている。

そんな状態でも、フェリドは黙々と料理を口に運んでいた。

レミリーのオムレツも、ウィンディの肉巻きも、どちらも平等に半分ほど手をつけたところで一旦(いったん)食器を置く。

「それで……どっちが美味かったんだい？」

カレンから、フェリドに勝敗の発表を促された。

結果は見えている。その場の誰もが確信する中、ウィンディだけは最後まで希望を捨てずにフェリドの言葉を待っていた。

「……まあ、レミリー殿下の料理ですね」

「あ、ありがとうございます」

それでも、やはり結果は覆らなかった。

元々、ドランにただの炭とまで吐き捨てられたところからここまで来たのだ。十分な進歩と言える。

それでも……否、だからこそ。ウィンディの胸には想像していた以上の悔しさが込み上げ、涙を堪えるのがやっとだった。

「いや、本当に、どうやったらこんな凄いオムレツが作れるんですか？　もう学生のレベルじゃないんですけど」

「そ、そんな、褒めすぎですよ」

フェリドの楽しげな評論が、ウィンディの心に突き刺さる。

これ以上この場にいたくないと、思わず逃げ出しそうになり――

「そんなことないですよ。ここまでされたら、俺の料理が負けたことも納得出来ます」

フェリドの放ったその一言に、足を止めた。

どうして料理を作った自分ではなく、〝俺の料理〟と口にしたのか。疑問と共に顔を上げたウィンディは、フェリドの優しげな瞳と目が合った。

「だってこれ、味付けから何まで、全部俺が普段作ってる肉巻きと同じじゃないか。レシピも教えてないのに、よく一週間くらいでここまで再現出来たもんだよ」

「なんで、一週間って……」

「そりゃあ、ウィンディが訓練とは関係ない怪我を手にたくさんするようになったの、ちょうどそれくらい前からだし」

フェリドの指摘に、ウィンディは絆創膏だらけの両手を慌てて隠す。

ウィンディとしては、彼に心配をかけないように出来るだけ隠していたつもりだったのだが、どうやらお見通しだったらしい。

「舌が覚えてる味だけで料理を再現するなんて大変なのに、なんでわざわざ俺の料理にしたんだ？」

「……だって、私にとっては、フェリドの作ってくれるお弁当が一番好きな料理だったから」

「そっか、ありがとな。それなら、今度俺が作ってる料理のレシピ、ちゃんと教えてやるよ。だから次は、俺の料理じゃなくて、ウィンディの料理を食べさせてくれよ。ウィンディなら、もっと美味しいもの作れるだろうし……楽しみにしてるからさ」

な？　と、フェリドはウィンディの頭を撫でる。

今回負けたのは俺の料理であって、ウィンディの料理じゃない。だから落ち込むな――そんな彼なりの不器用な優しさを感じて、ウィンディは赤くなった顔を誤魔化(ごまか)すように目を逸らした。

「ほら、殿下の作ったオムレツお前も食べてみろよ。ほっぺ落ちそうなくらい美味いぞ」

「んむっ」

そんなウィンディの口に、オムレツを載せたスプーンが差し込まれた。

これ、間接キスじゃ――と、顔が益々熱くなっていくのを感じながらも、ウィンディの舌は正直にその感想を頭へと伝達する。

「……すごく、美味しい」

「だろ？　殿下も、肉巻き一つどうですか？　美味しいですよ」

「あ、それでは、一つ……」

レミリーは新しくフォークを用意し、肉巻きを頬張(ほおば)る。どこか上品さを感じさせる所作で咀嚼(そしゃく)したレミリーは、ゆっくりとそれを飲み込んで朗らかな笑みを浮かべた。

「美味しいです……なんと言いますか、とても優しい味がして……すごく、好きです」

「それは良かった」

どこか気まずげだった空気はすっかりと消えてなくなり、気付けば穏やかで温かな空間がそこに構築されていた。

そうなってくると、蚊帳の外に置かれたギャラリーの少女達の身にとある欲求が舞い戻る。

そう……見るからに美味しそうな料理を目の前で食べられ続けたことで、耐え難いほどの空腹感が彼女達に襲い掛かっていたのだ。

「だー!!!! いつまでも三人だけでイチャイチャと飯食いやがって、私らを餓死させる気かい!? ちょっとは分けておくれよ!!」

そんな少女達全員の心を代弁するように、カレンが叫ぶ。

それに対して、真っ先にレミリーが否定の言葉を上げた。

「い、イチャイチャって、私は違いますよ!?」

「あー、それもそうですね。せっかく集まっていただいたんですし、皆さんの分も作りますよ。ウィンディ、手伝ってくれ」

「ん、分かった」

「あ、お二人とも待ってください、私も手伝いますから!!」

慌てるレミリーを伴いながら、フェリドとウィンディはキッチンへ入っていく。

フェリドがレミリーから料理を教わりながら、ウィンディの世話を焼きつつ、雑談を交えて少女二人と和気藹々とした空間を形作る。その温かな料理風景に、外から見ているカレンは微笑ましげな笑みを溢した。

「この分なら、あまり心配しなくても上手くやっていけそうだね」

可愛い後輩達がおかしなことになっているなら口を挟もうかなどと思っていたが、どうやら杞憂だったらしい。そう安心したカレンは、気持ちを切り替えてこの後出てくるであろう料理に思いを馳せる。

その後、噂を聞き付けた他の女子生徒までもが集まり、女子寮はにわかにお祭り騒ぎとなった。

この一連の出来事で、フェリドの評判が更に上がり、より熱烈なアプローチを女子生徒達から仕掛けられるようになること。そして何より、まだ終わっていない自身の課題が、完全に手付かずのまま夜を迎える羽目になること。

それらの事実にフェリドが気付くのは、もう少し時間が経ってからのことである。

料理対決などという思わぬイベントもあったが、混成部隊がこなすべき本分は騎士としての役割である。すなわち、日々の訓練は決して欠かすことの出来ない〝義務〟と言えよう。

もっとも、そんな義務などなくとも、フェリドとウィンディは毎日共に訓練をしているのだが。

「やっ」

気の抜けるような掛け声とは裏腹に、目にも止まらぬ鋭い突きがフェリドを襲う。

神速の域まで高められたその攻撃を、フェリドは難なく剣で横に弾いた。

その展開を予想していたかのように、ウィンディは地面を踏みしめて剣を引き戻し、素早く次撃を放つ。

「んっ……!!」

剣に仕込まれた魔法陣に魔力が通い、世界の法則を書き換える力を生む。暴風が巻き起こり、神速の更にその先へと足を踏み入れた。

風帝剣、一の型——《千嵐槍(ボルテクススピア)》。

風の力に後押しされ、絶え間なく繰り出される嵐のような刺突の連撃が放たれた。

「《大地鳴動(アースクエイク)》」

それに対応して、フェリドもまた魔法を発動する。

地面を蹴(け)り、その振動を増幅させることで地揺れを起こして相手のバランスを崩す、そんな単純な魔法。とはいえ、その発動速度は尋常ではない。

ただ魔力を流すだけで魔法を発動出来る魔道具を持つウィンディと、宙に魔法陣を描かなければ魔法を発動出来ないフェリドとでは、その手間に大きな差がある。にも拘わらず、後出しでそれに対応してみせたのは驚異的な速度と言えるだろう。

しかし、ウィンディとてそんなフェリドと毎日訓練しているのだ。同じ手に何度も引っ掛かるつもりはない。

「それは、対策済み……!!」

速度のために威力が犠牲となった魔法は、その効果が限定的だ。不意に喰らうならまだしも、予想していれば足場が多少不安定になる程度は対応出来る。

持ち前のバランス感覚で無理矢理押し通すことを、対策と言っていいかは疑問だが。

「おっと」

妨害をものともせず押し込まれた刺突を、正面から受け止めたフェリドは、弾かれるようにして距離を取る。

しかし、〝帝〟の名を冠する貴族達の剣術は、全て竜の上で使うことを前提とした技だ。剣に魔力を纏わせ、擬似的な刃とすることで、そのリーチを変幻自在に伸ばすことが出来る。

「逃がさない」

翠緑に輝く魔法の刃が、距離を取ろうとするフェリドを追撃する。

零距離よりは多少余裕があるとはいえ、ほぼ誤差のようなものだ。どうにか防ぐも、不安定な体勢で受け止めたフェリドはバランスを崩し、無防備な姿を晒しながら更に後ろへ吹き飛ぶ。

もらった、と、勝利を確信したウィンディだったが――直後、自身の足が何かに引っ張られ、思い切り転んでしまう。

「っ⁉」

何が起きたか分からず、ぐるりと回る視界の中で自身の足を確認する。

するとそこにはキラリと、魔法の輝きを放つか細い糸のようなものが巻き付いており、フェリドの手まで伸びているのが見えた。

（魔法の糸!?　いつの間に!?）

ウィンディが《大地鳴動》に対応してくるのを読み、《千嵐槍》の追撃によって一気に吹き飛ばされる力を利用して、糸を使って引っ張られた。

ウィンディがフェリドの手の内を知っているのと同じように、ウィンディの成長ぶりを誰よりも間近で見ているからこその、高度な読みだ。

無防備に倒れ、フェリドの下まで引き摺られてしまったウィンディは、そのまま首筋に剣を添えられて敗北を喫した。

「負けた……フェリド、やっぱり強い」

「ウィンディも、最初の頃よりかなり強くなってるよ、今のは俺も危なかったしな」

「むぅ……でも、私もそろそろ一本くらい取りたい」

「焦らなくても、すぐに俺より強くなるって。……それより、あー……早く起きて、服を整えて貰えると……」

足を思い切り引っ張られて転んだウィンディは今、フェリドの目の前で思い切りスカートがめくれ上がった状態を晒していた。

白いタイツのお陰で辛うじて下着は見えないが、それでもスカートの中が露わになっていることに変わりはない。

うっかり目にしてしまった光景に顔を赤らめるフェリドを見て、ウィンディもまた一気に火が着いたかのように赤くなり、慌ててスカートを直した。

「……フェリドのえっち」

「いや、訓練中の事故みたいなものだし、その……ご、ごめん」

思わず弁明しようとして、結局は素直に謝るフェリド。

そんな彼に、立ち上がって服装を整えたウィンディは歩み寄り、小さく耳打ちする。

「今度、一緒にデートしてくれたら許してあげる」

「っ……!!」

予想外の要望に、フェリドはドキリと心臓が跳ねる。

口にしたウィンディもまた緊張しているのか、どこか不安げに見上げる視線がなんともいじらしい。

二人で見つめ合い、どこか甘い空気を漂わせていると……そこに、パチパチと軽快な拍手の音が響いた。

「お二人とも、凄い剣戟でした!!　その、私はほとんど目で追えませんでしたけど……でも、凄かったです!!」

少し離れた場所で見学していたレミリーの声で、二人はようやくこの場にいるのが自分達だけでないことを思い出し、パッと距離を取る。

どことなく微妙な空気感に、あれ？　と首を傾げたレミリーだったが、彼女が自身の過ちに気付くよりも早く、フェリドが声を上げた。

「ええと、まあ、騎士の剣術っていうのはこんな感じで、魔法と剣を絡(から)めながら戦うのが基本です。とはいえ、殿下がいきなりそれをするのは難しいでしょうから、片方ずつ順番に、ですね」

「はい、頑張ります……!!」

元々、今回フェリドとウィンディが手合わせしたのは、レミリーへの手本を示すためという理由が大きかった。料理対決の結果として、二人でレミリーに訓練を付けることになったのである。

ウィンディとの戦いに夢中になるあまり、すっかり忘れそうになっていた当初の目的を思い出したフェリドは、気を取り直してそれを行う。

「まずは、普通に素振りしてみましょうか。基礎は習ってますよね？」

「はい、レンリルと契約することになった時点で、入学前から王宮で習っていました」

王宮で――つまり、現役(げんえき)の騎士や、何なら天才と称されるシリア王女からも教わっていたらしい。

自分に教えることなど残っているだろうか？　と思ったフェリドだが、彼女が剣を振るう姿を見て、確信した。

教えることがないというより、教える余地がほぼないと。

「やあっ……!!　はあっ……!!」

威勢は良い。気合いもあるし、やる気もある。

ただ、致命的に体の動かし方が下手だった。

頭でイメージしたことが、自身の体で再現出来ない、典型的な運動音痴である。

「フェリド……レミリーに剣は無理だと思う」

「ハッキリ言い過ぎだ、お前は」

本人を前にバッサリ切り捨てるウィンディを、フェリドは窘（たしな）める。

とはいえ、彼自身否定出来ないと思っていたのが若干言葉に表れていたので、レミリーは完全に落ち込んでしまっていたが。

「ええっと……剣は一旦置いといて、次は魔法を使ってみましょう。殿下には竜魔銃（ドラゴガン）を使って貰いたいので、そっちの方が重要です」

「は、はい……」

微妙に気まずい空気のまま、魔法を使った的当て訓練に移行する。

ただ、こちらはこちらで前途多難だった。

「こう、して……《火球（ファイアボール）》!!」

レミリーの手で描かれる魔法陣は、あまりにも下手だった。

魔法文字によって構成される魔法陣に魔力を通し、その魔法陣が持つ意味に合わせて世界の法則を改変するのが魔法の仕組みだ。当然、描く魔法陣の正確さによって、及ぼすことの出来る力にも大なり小なり影響は出る。

つまり、身も蓋もない言い方をすると……レミリーが魔力を用いて描く魔法文字が汚すぎて、本来発揮されるべき効果が発揮しきれていなかった。

（料理も書類整理もあんなに器用にこなすのに、どうしてこういう方面ばかり、こんなに不器用なんだ、この人は……）

ひょろひょろと、マッチの火と見紛うほどにか弱い火の粉が的に当たる光景を見て、フェリドは頭を抱える。

レミリーも、自身の問題点は理解しているのだろう。二発目はゆっくりと、丁寧に魔法陣を描いていくのだが、そうすると一つの魔法陣を構成するのに時間がかかりすぎ、違う意味で実戦で使い物にならない魔法となってしまう。

マッチの火だった魔法が、今回はちゃんとした火の玉に進化して的を直撃したのだが、それに要した時間はフェリドの十倍を軽く越えてしまっていた。

「……レミリー、どんまい」

「ウィンディ、ある意味ハッキリ言われるより心に刺さること言うのやめなさい」

ポン、とレミリーの肩を叩くウィンディを再度窘めるフェリドだったが、やはり否定はしていない。

恐らく、王宮でも似たような理由で匙を投げられていたのだろう。絶望的なまでに騎士としての素質に乏しいと再度突き付けられたレミリーは、がっくりと肩を落としていた。

「やっぱり、私には難しいですよね……すみません、余計なお時間を取らせて……」

落ち込んでいくレミリーに、どうしようと困った視線がウィンディから注がれる。

そんな二人に苦笑しながら、フェリドはレミリーの肩に手を置いた。

「そんなに落ち込まないでください。殿下が魔法も剣も出来ないことくらい、最初から分かっていましたし」

「う、うぅ……!!」

「……フェリド、レミリーいじめて楽しい？」

「いや、そうじゃなくて!!　騎士本人の魔法と剣だけが全てじゃないってことを言いたかったの!!!!」

益々泣きそうになるレミリーを見て、ウィンディから非難がましい視線を送られる。

そんな彼女達に、フェリドは必死に弁明した。

「殿下の魔法技術が低いのは、魔法陣を上手く描けないことが原因で、それ以外は特に問題ないです。的にはちゃんと当たってますしね」

「いえあの……当たっても、こんな不安定な魔法では……」

「そのための魔道具が、今飛竜工房で作って貰っている竜魔銃（ドラゴガン）じゃないですか。金竜の魔力を使う以上、威力は申し分なし、後はそれを当てるだけです」

魔道具は、魔法発動の手順を簡略化し、魔力を流すだけで発動出来るようにするための道具だ。レミリーが魔法において苦手としている分野を、丸ごと省略することが出来る。

「でも……飛ぶのも、攻撃のための力すらレンリル任せで、私はただ撃つだけだなんて……それで、騎士と言えるんでしょうか」

「言えますよ、そもそも、ただ撃つだけにも技術はいりますしね」

魔法は、唱えれば確実に当たるような都合の良い力ではない。発動者が狙いを定め、正確に撃つ必要がある。

その点、レミリーはただでさえ不安定な魔法を、それでも正確に的に当てていた。訓練すれば、もっと遠くの的を狙い撃つことも出来るだろう。

ただ、そう言われても簡単には納得出来ないのか、レミリーは戸惑いの表情を浮かべている。

「地道に訓練していけば、少しずつ自信もついていくと思います。焦らずやっていきましょう」

「……はい」

そう言って、訓練を再開するフェリド達だったが……ただ的当てを続けるだけでは、そう簡単に自信など付くはずもなく。

その日、レミリーの表情は、最後まで晴れることはなかった。

レミリーが混成部隊(カオスガルド)の一員となって、早二週間が過ぎようとしていた。

その間、レミリーはフェリドの下で空戦について学ぶ傍(かたわ)ら、事務の仕事で部隊をサポートし続けている。

その日もまた、フェリドに頼まれた資料を取りに図書室へ向かい、拠点に戻る最中だった。

（帝国の騎馬隊が過去に見せた戦術のデータを何に使うかは分かりませんけど……フェリドさんのことですし、きっと何か意味があるのでしょう）

この二週間で、レミリーの中にあったフェリドの評価はかなり高まっている。

地竜だけでなく、他の竜種にも跨がった広い知識に、それらを組み合わせて運用する新たな戦術を考え出す発想力。そして何より、そうした知識や発想を積み上げるため、日々研鑽(けんさん)を怠らないその姿勢。

そんな彼だからこそ、地竜乗りでありながら騎士となり、新たな騎士団の創設という大役を任されるほどの期待をかけられているのだろう。レミリーもまた、彼ならば王国騎士の常識を打ち壊せるのではないかと、期待せずにはいられない。

そして……そうした改革の一助として、フェリドから頼りにされている現状に、レミリーはとても満足感を覚えていた。

（騎士としては、まだ全然お役に立てる気がしませんけど……事務員としてなら……）

フェリドは努力家で賢いが、要領の良さで言えば少しばかりなんでも抱え込み過ぎる悪癖（あくへき）がある。

部隊の仕事で必死になりすぎて学校の課題を忘れたり、睡眠時間を削り過ぎてウィンディに怒られたりということが何度もあった。

そうした意味で、フェリドと並ぶほどの知識を持ち、対等に意見交換しながら書類仕事をこなせるレミリーという人材は、部隊にとってもはやなくてはならない存在と言える。

自惚（うぬぼ）れでもなく、客観的事実として、それだけの力になれているという実感があった。

――いや、本当に、殿下が部隊に来てくれて助かりましたよ。出来れば、このまま正式に入隊して欲しいくらいです。

「ふふ、ふふふ……」

先ほど、フェリドから直接伝えられた言葉を思い出し、思わず笑みが溢れ落ちる。

ずっと落ちこぼれだったレミリーにとって、誰かに認めて貰えるというのは初めての経験だった。

嬉しさのあまり足取りが軽くなり、跳ねるように廊下を進んでいく。

「――――」

そんな時、ちょうど曲がり角に差し掛かったところで、奥から声が聞こえて来た。

咄嗟に隠れてしまったレミリーだが、そのせいで会話の内容を盗み聞きするような形になってしまう。

「ねえ、どうだった？　混成部隊」

「いやぁ、ダメだったよ。倍率厳しいとは言われてたけど、まさか書類で落とされるなんてな」

「次に期待するしかないんじゃないか？　これからゆっくり体制整えて拡大してくって話だし、むしろ創設したての忙しい時期に入らなくて良かったのかもな」

話している人数は三人。それもどうやら、混成部隊に入隊し損ねた生徒達らしい。

フェリドと共に選考に携わった身としては、気まずいことこの上ない。レミリーは、益々身を縮こまらせてしまう。

「けど、それじゃあ俺が入れるのはいつになるんだよ？　学生のうちに所属出来る騎士団だっていうから価値があるのに、先に卒業しちまったら意味ないじゃん」

（……え？）

生徒の一人が口にした言葉に、レミリーは耳を疑う。しかし、それが聞き間違いでも何でもなかったのだと、すぐに思い知らされる。

「そうだよねー、やっぱ卒業した後は本物の騎士団に入りたいし」

「学生のうちに実績を積めるいいチャンスだと思ったんだがな。まあ、所詮はお試しで作られた実験部隊だ、期待し過ぎるのも良くないということだろう」

（〝本物〟？　〝所詮〟？）

まるで、フェリドの部隊は本物ではないかのようなその物言いに、レミリーの心は激しい怒りを覚える。

もちろん、入隊したがっている者の中には、そんな面白半分に願書を出した連中も少なくないだろうとは予想していた。それでも……実際にそんな声を耳にすると、とても黙って聞いていられない。

（混成部隊（カオスガルド）は……フェリドさんは、あなた達の都合の良い踏み台なんかじゃない……!!）

「しっかし、その意味ではレミリー殿下は上手くやったよなー」

感情のままに飛び出そうとしたレミリーは、自分の名前が話題に出たことで足を止める。

まさか会話の内容を本人に聞かれているなどとは夢にも思わないまま、生徒達は好き勝手に話し続けた。

「竜にもまともに乗れないのに、書類仕事だけで部隊に入ったんだろ？　ズルくね？」

「あれ？　まだ正式な隊員じゃないって言ってなかったっけ」

「同じことじゃないか？　それに、殿下はフェリドやウィンディさんから個人的な指導を受けているとも聞いたぞ。正式な隊員でもない者に、そこまでするか？」

「あー、だからか。この前授業でさ、飛行訓練終わった後に殿下がガッツポーズしてるの見たんだよ。隊列乱さず真っ直ぐ飛べたって、そんだけの理由で」

「何それ、普通じゃん。二年にもなってそんなことで喜ぶとか笑っちゃうんだけど」

心ない言葉が次々と放たれ、笑い声が容赦なく胸に突き刺さる。

レミリーも、フェリドの指導で上達はしているのだ。ただそれでも、ようやく周りについていけるようになったという程度なのは否定出来ない。

「あーあ、いいよなー王族は。腕がなくても優遇されて」

「ほんと、同じ王族でも、シリア殿下とは大違いね」

姉の名前に、肩が震える。

自分と同じ血が流れているとは思えないほど優秀で、奔放(ほんぽう)な性格の第一王女。

王位継承者でなくとも、三年ほどで婚約して飛竜騎士を辞めることが多い王族にあって、二十歳を越えた今でも現役の隊長を務める天才だ。

王族としてではなく、一人の騎士として最期まで生きると宣言して方々を飛び回っており、王国の女性は誰もが彼女の自由で力強い生き様に憧れている。

レミリーも、それは同じだった。

「なんでレミリー殿下だったのかしらね。金竜の乗り手に選ばれたのは」

「完全に宝の持ち腐れだよな。もしシリア殿下が金竜に乗っていれば、帝国の連中だって好き勝手出来なかっただろうに」

「そうでなくとも、そろそろ第一王子のガリル殿下が竜と契約する歳ではなかったか？　今のうちに契約を解除して、ガリル殿下と再契約させせられないか試した方がいいと思うな。王太子の身分では実戦に出ることもないだろうが、落ちこぼれのレミリー殿下が抱えているよりずっといいだろう」

「確かに。レミリー殿下は騎士なんてさっさと諦めて、内政なり外交なりに専念して貰った方がいいよ、絶対」

「頭は良いもんな。頭は」

もう、それ以上は聞いていられなかった。

その場から逃げるように駆け出し、校舎から飛び出す。その間も、レミリーは周囲の目が気になって仕方がなかった。

まるで、この学校にいる全ての人間が、先ほどの生徒達と同じように考え、自分を非難しているかのようで。

「はあっ、はあっ、はあっ……‼」

とにかく人のいない場所を求めて走り続けたレミリーは、気付けば竜舎に辿り着いていた。

他の炎竜とは別に、金竜専用に用意された個別竜舎。落ちこぼれの自分にはあまりにも過分な……それでいて、相棒であるレンリルの力を考えれば妥当と言えるその待遇が、少女の心を締め付ける。

「ガァァ？」

急にやって来たレミリーに気付いたのか、レンリルが顔を上げる。

その姿を目にした途端——レミリーは耐えきれなくなり、胸の内に抱えていたものを吐き出した。

「どうして、なの……どうして私だったのよ、レンリル!!」

「ガァァ……？」

叫ぶレミリーに、レンリルは困惑の鳴き声を上げながらも、ゆっくりと歩み寄って来る。

あくまで純粋に、自らの相棒を慰めようとする金竜の優しさが、今この時ばかりは余計に辛かった。

「あなたがお姉様と契約していたら、今頃はあなたも英雄になれた!!!　誰もが認める、この王国の太陽になれたはずなのよ!!　それなのに、どうして私なんかと!!!」

レンリルがシリアとの契約を拒否し、傍にいたまだ幼いレミリーに懐くようになった日のことを、レミリーは昨日のように思い出すことが出来る。

金竜に認められなかったことを残念がりながらも、シリアはレミリーを恨んだりはしなかった。むしろ嬉しそうに、こう語ったのだ。

——知ってる？　金竜は王家の象徴、〝不落の太陽〟って呼ばれてるんだって。決して大地に没することなく、大空に浮かんで国を照らす、優しくて強い光のこと。レミリーなら、きっとそうなれるよ。その時は、一緒に飛ぼう？　この空を。

その言葉は、レミリーにとって大切な目標になった。

いつか、大好きな姉と一緒に飛べるように。〝不落の太陽〟の名に恥じぬくらい強い騎士になって、姉を……この国を守りたいと、そう思ったのだ。

その結果が今、この様だ。不落どころか、空へと舞い上がることすらも満足に出来ない落ちこぼれ。

誰からも白い目で見られ、誰かを守るどころか、そもそも騎士になることすら出来そうにない。

そう……本当は、誰に言われるまでもなく分かっていたのだ。

自分には、騎士になるなんて無理なんだと。レンリルを手放し、ひっそりと王宮の片隅で暮らすのが、一番王国のためになるのだと。

分かっていて、それでも諦めきれずに、必死にしがみついて、嘲笑われ……もう、限界だった。

「どうしてよ……レンリル……」

堰を切って溢れ出した感情が涙となり、とめどなく零れ落ちていく。

最初から、答えを求めて問うたわけでもない。そもそも、仮契約しか結んでいないレミリーには、そこまで細かい感情の機微をレンリルから感じ取ることも出来ない。

それを、レンリルもまた理解していた。

「ガアァァァァ!!」

「っ……!?」

だからか、レンリルは突然咆哮を上げた。

普段は誰よりも大人しく礼儀正しい竜が起こした謎の行動に、レミリーは目を丸くする。

「……あれ、レミリー殿下？　こんなところでどうしたんですか？」

すると、まるでその鳴き声に呼び寄せられるように、一人の少年が現れた。

振り返るまでもなく、その人物が誰かを声だけで察したレミリーは、慌てて目元を拭って立ち上がる。

「フェ、フェリドさんこそ……どうしてここに？」

「俺は、殿下がなかなか戻らないので、心配になって。そしたら、ちょうどレンリルの咆哮が聞こえて……」

「す、すみません。頼まれ事をしていたのに、すっかり遅くなってしまって……すぐに戻りますから!!」

赤くなった目元を見られないよう、俯いたまま急いでフェリドの横を駆け抜けようとする。

そんなレミリーの手を、フェリドは咄嗟に掴んだ。

「えっと……そんなに急ぎじゃないですから、大丈夫ですよ。せっかくですし、少し休憩していきましょう」

「……はい」

特に何を追及することもなく、ただ近くのベンチにレミリーを誘導して座らせると、フェリド自身も隣に座った。

お互いに口を閉ざしたまま、目を合わせることすらない時間がゆっくりと過ぎていく。

何も語らず傍にいてくれる彼の優しさが、今のレミリーには有り難かった。

「……フェリドさんは、どうして私を部隊に誘ったんですか？」

やがて、少し落ち着きを取り戻したレミリーは、自らそう問いかけていた。

それを受けて、フェリドはしばし考えてから口を開く。

「そうですね、最初は単に、書類仕事をこなしてくれる人材が欲しくて誘いました。後は、夢を諦めようとしてる殿下の目が、以前の俺と重なって……放っておけなかったっていうのも、大きいと思います」

「ふふ……ダメですよ、フェリドさん。同情なんかで、仲間を選んだら。ウィンディさんや……他の生徒さん達に、示しがつきません」

心の痛みを堪えながら、どこか突き放すようにレミリーは言う。

それに対して、フェリドは苦笑と共に首を横に振った。

「最初はそうでしたけど、今は違いますよ。少なくとも、俺は同情だけで殿下を正式な隊員にしようだなんて思いません」

「じゃあ、どうしてですか？　私なんて……今になってやっと、他の皆さんのように飛べるようになったばかりなのに……!!」

「だからですよ」

「……へ？」

　フェリドの言いたいことが理解出来ず、レミリーはポカンと口を開ける。

　王女らしからぬその表情に思わず笑ってしまいながらも、フェリドはその理由を口にした。

「殿下は二週間前、そもそも飛ぶことすら満足に出来ませんでした。実力で言えば、入学したての一年次生よりも下です。それなのに、今は二年次生の生徒達と並んで飛行出来るようになっている……この短い間にその成長は、凄いことだと思いませんか？」

　丸一年分以上の開きがあった実力差を、僅か二週間で埋め切った。確かに、そう言われれば凄いことのような気がしないでもない。

「でも……私は、金竜に選ばれた乗り手なんです。いくらこの二週間の成長が早くても……周りと変わらない程度の技量では……」

「そもそもですね、殿下は周りを気にしすぎなんですよ。素質なんて人それぞれなのに、よりによって、シリア殿下なんていう例外中の例外みたいな超天才と自分を比べて、同じことをしようと焦ってる。それじゃあ、上達出来なくて当たり前ですよ。基礎もなしに、曲芸飛行しようとしてるのと同じですからね」

「きょ、曲芸……」

〝空の舞姫〟とまで呼ばれる第一王女の飛行を曲芸だなどと称するのは、王国広しといえどフェリドくらいのものだろう。

この学校にすら数多存在する彼女のファンを敵に回すような発言をした自覚があるのかないのか、フェリドは尚も語り続ける。

「言ったじゃないですか、竜を信じろって。殿下は、レンリルの力に自分が見合っていないことを悩んでるみたいですけど……殿下を選んだのは、そのレンリルなんです。殿下が自分のパートナーに相応しいと思ったから契約を結んで、今もあなたに寄り添おうとしてる。そんな竜を……あなたを信じて共に飛ぼうとしている相棒を、他ならぬあなた自身が否定しないであげてください」

ハッとなって顔を上げたレミリーは、今も変わらず心配そうに自分を見つめるレンリルと目が合った。

もし仮に、レンリルがレミリーに愛想を尽かしているのなら、彼女をその背に乗せることすら拒否しているはずだ。そうでない以上、レンリルは今もなお、レミリーを信じていることになる。

　レミリーが自身をどう思おうと、どれほど成長が遅くとも。レンリルにとって、彼女は今も、己の命を預けるに足るパートナーなのだと。

「俺は、二週間この目で見た殿下の成長ぶりと、王国最強の竜が認めたその素質を信じます。ですから殿下も、もう少し自分を信じてあげてください」

　そう言って、フェリドはレミリーに一つの包みを手渡した。

「これは……」

「飛竜工房に発注していた、殿下専用の竜魔銃（ドラゴガン）です。開けてみてください」

　言われるがままに包みを開ければ、真新しい銃身が露わになる。

　金竜の乗り手であることを意識してか、赤く染まった本体に金色の装飾が施されたそれは、戦場で振り回すには少々華美に過ぎないかと思ってしまうが……専用に作られたというだけあって、長大でありながらもレミリーの手にしっくりと馴染む。

　〝竜魔狙撃銃（ドラゴライフル）〟。レミリーの新しい武器の名だ。

「出来ないことを、いきなり出来るようになる必要なんてないんですよ。目の前にある、出来ることを一つずつ積み上げていけば、ゆっくりとでも目標に近付けるはずです。だから……あまり一人で、思い詰めないでください。俺も、ウィンディだって、いつでも殿下の力になります。仲間なんですから」

　そう言って、フェリドは立ち上がる。

銃から顔を上げたレミリーは、自身を見つめる少年の優しい眼差しと視線が交わり、ドキリと心臓が高鳴った。

「それでは、俺は行きますね。銃の習熟訓練、明日から始めますから、いつもの場所で待ってます」

「あっ……」

去っていくフェリドに、レミリーは声をかけようとするのだが、結局最後まで言葉にはならなかった。

残された銃を胸に抱き、レミリーは呟く。

「男性の方から頂いた、初めてのプレゼントだったのですが……お礼、言いそびれてしまいました」

プレゼントとは言うが、あくまで部隊の一員としての支給品だ。自分一人だけが貰えたわけではないだろうし、特別な意味もないことは分かっている。

それでも、レミリーにとっては初めてのことだったのだ。

誰かに信頼され、〝王族〟としてではなく、〝レミリー〟として、何かを貰うのは。

「竜を信じる……私、もう一度頑張ってみますね、フェリドさん」

決意を胸に振り返ると、そこには信頼の眼差しで自分を見つめるレンリルの姿が。

否……分かろうとしていなかっただけで、これまでもずっと、レンリルはこんな眼で自分を

見てくれていたのだろう。それを、レミリーはようやく理解した。

「こんな情けない乗り手ですが……これからもよろしくお願いします、レンリル」

「ガアァ」

レンリルに体を寄せ、これまでの自身を詫びるようにレミリーは言う。

そんな彼女を受け入れるかのように、レンリルもまた穏やかな鳴き声を上げるのだった。


「あれ？　ウィンディ、こんなところで何してるんだ？」

レミリーと別れた帰り道。フェリドは、もう一人の部下である少女と出くわした。

翠緑の髪をいつも通り尻尾（しっぽ）のように揺らしながら、ウィンディはフェリドの下へ駆け寄って来る。

「ん、フェリドがレミリーと話してるのが見えたから、待ってた。どうだった？」

「とりあえず、銃は受け取って貰えたよ。後は殿下次第だけど……あの様子なら、大丈夫じゃないかな」

レンリルと寄り添い、互いの絆（きずな）を再確認する王女の姿を遠目に見て、フェリドは安心したように表情を緩める。

一方で、ウィンディは少しばかり不服そうに頬を膨らませていた。

「……どうした？」

「レミリーが元気になったのはいいけど……最近のフェリドは、レミリーのことばっかり構っててズルい。私も構って」

一切隠すことなく不満をぶつけるウィンディに、フェリドは思わず噴き出してしまう。

その失礼極まりない反応に、ジトリと鋭い眼差しが返ってくると、フェリドは慌てて弁明した。

「いや、悪い。こう言ったら余計に怒るかもしれないけど……誰かにヤキモチなんて焼かれるのは初めてだからさ。なんか、可愛いなって思って、つい」

「っ……!!　そんなこと言ったって、誤魔化されないから」

ぷい、とそっぽを向くウィンディだったが、赤く染まった表情は、そんなことでは全く誤魔化すことが出来なかった。

カレンに同じことを言われても平気なのに、フェリドに内心を暴かれたと思うと妙に気恥ずかしい。それに、また可愛いと言って貰えた。

いつも言われていることなのに、そんな一言だけであっさりと機嫌を直してしまう自分自身の心に、チョロ過ぎる、と文句をつける。

「それは困ったな。実は、ウィンディにプレゼントがあったんだけど……」

「ほんと？」

意地を張るのを止め、瞳を輝かせながらくるりと背けていた顔を元に戻す。

欲しい!! と、口にはせずとも全身から余すところなく感情を溢れさせている少女の姿に苦笑しながら、フェリドはレミリーに渡したのと同じ包みを手渡す。

「飛竜工房で作って貰った、特注の剣だ。柄頭(つかがしら)のところに小さな蓄魔石を嵌(は)め込めるようになってて、そこからの魔力供給で戦闘中の消耗を抑えられるようになってるんだ。ほら、ここ」

「……これ、ひょっとして……プレゼントじゃなくて、装備品じゃ?」

「まあ、そうとも言うな」

「それならレミリーにもあげたでしょ、今」

「否定は出来ないな」

またもむすっと頬を膨らませるウィンディだったが、包みを解いて実物を手にすると、すぐにその表情を喜色(きしょく)に染めた。

天竜をイメージした翼の装飾が施された鞘(さや)に加え、魔法陣が刻まれた刀身は緑色に染められている。

何より、体格に比してやや大き過ぎたこれまでの剣と異なり、小柄なウィンディでも問題なく片手で振るえるようにサイズが調整されていた。

ウィンディのことを考え、ウィンディのためだけに鍛え上げられた、世界で一本しかない剣。

それを思うと、多少のことは気にならなくなる。

「ありがとうフェリド、嬉しい」

「喜んで貰えて何よりだよ。ちなみに、今手元にあるのはそれだけなんだが、他にも色々と作って貰った装備があるから、戻って一緒に確認するか？」

「ん、分かった」

いつものようにウィンディの頭を撫でた後、二人並んで拠点へ戻るべく歩き出す。

しかし、その歩みが数歩も進まないうちに、ウィンディは足を止めた。

「どうした？　ウィンディ」

「ん……ちょっと気になったんだけど。フェリド、最近焦ってない？　どうしたの？」

レミリーにやたらと肩入れして立ち直らせたこともそうだが、この装備品にしても、よく考えれば少々発注を急ぎすぎだ。部隊結成直後に、支給されたばかりの年度予算を八割突っ込むなど、いつも慎重なフェリドらしくもない。

そんなウィンディの疑問に、フェリドは頭を掻いた。

「焦ってる、か……確かに、そうかもな」

「……何かあるの？」

「何かある、って決まったわけじゃないが……もうすぐ、何かが起こりそうな気がしてるんだ」

ウィンディの問い掛けに、フェリドは自身の憶測を交えながら事情を話し始めた。

「十年前の事件と、今回の事件。帝国が王国に攻撃を仕掛けて、二回連続で失敗した。元々、帝国は侵略戦争を繰り返す中で大きく発展した国だから、負け続きっていうのは、国内外問わず帝国にとってかなりまずい。どこかで挽回のための動きを見せると思う」

「……つまり、帝国がまた、王国に攻めてくるってこと？」

「その可能性もある。けど、標的が俺達の国とも限らないんだよな……」

トライバルト王国は、国土の大半を険しい山々で覆われた、天然の要塞国家だ。山越えに慣れていない他国の軍は、ただ進軍するだけでも消耗を強いられ、満足に戦うことも出来ずに敗北を喫する。これまで、王国民はそうして国を守ってきたし、帝国軍の連敗もそこに原因がある。

ならば、どうすればいいか。一つの解は、山に阻まれることのない進軍ルートを選んで攻め込めばいいということ。

帝国から王国へと、直接進軍出来るルートが無いのなら……先に周辺諸国を攻め落とし、安全なルートを確保してから攻撃すればいい。

王国の南側に位置し、この大陸においてほぼ唯一、さほど苦労なく国境を越えて商人が行き来出来る、王国にとっては長年の友好国——アクランド公国。

そこが攻撃目標にされる可能性が高いと、フェリドは語った。

「公国が落とされたら、王国にとっても一大事だ。それくらい、この国の上層部は把握してる。

だから、近いうちに何かしら手を打つはずなんだよ」

「……フェリドは、それに備えてるの？」

「ああ。王国の守りを維持したまま部隊を派遣するとなったら、使い道が決まってない混成部隊(カオスガルド)ほど都合の良い存在はないからな。もしそうなってからじゃ遅いし、今から出来るだけ準備しとこうと思って」

フェリドの一連の説明に、ウィンディは深く感銘を受けた。

フェリドと共に騎士になり、部隊を結成しただけで満足しそうになっていたが、それではダメだった。

自分達が活躍すべき舞台を見据えて目標を立て、具体的な行動に移す。既に混成部隊(カオスガルド)はその段階にあることを、フェリドだけが気付いていたのだ。

「やっぱり、フェリドはすごい。でも、今度からは最初に説明して貰えると、もっと嬉しい」

「いや、悪い……あくまで俺の予想だし、変に不安を煽(あお)るようなこと言いたくなくてだな……」

「それでもだよ。フェリドがするべきだって思ったことなら、どんなことでも私は全力でそのために動く。だって……私は、フェリドの翼なんだから」

少女の見せる微笑みに、フェリドの顔が熱くなる。

その胸の高まりを誤魔化すように、ウィンディの頭を撫でた。

「ありがとな、ウィンディ。頼りにしてる」

互いに笑みを交わし、拠点に向かって歩いていく。

そんな会話を交わす二人と異なる場所で、フェリドの予想とは全く異なる事態が進行しようとしていることなど、知る由もなく。

第三章　動き出す世界

飛竜騎士学校学長、フローリア・ワイバーンは、非常に多忙な女性だ。

国の未来を担う学校の長としての役目はもちろんだが、かつて大陸中に轟く武功を挙げた伝説の騎士として、第一線を退いた今も尚軍にその名を残され、事あるごとにご意見番として会議への出席を願われる。

かと言って、向かえば誰もが歓迎してくれるかといえばそうでもなく、そこにいるのはフローリアの名声を利用して自らの意見を通そうとする愚か者や、老兵がいつまでも現場に関わることを快く思わない現職ばかりで、大した発言も出来ぬまま時間だけが過ぎていく。

溜まった業務のことを思いながら、何の意味もなく無為に過ごすその時間は、もはや拷問にも等しいだろう。

「君もそう思わないか？　ストラウド君」

「思うことは認めましょう。ですが……その愚痴を、勤務中の教師にするのは止めていただきたい」

騎士学校の学長室にて、はぁ～、と露骨な溜め息を溢すストラウドに、フローリアはすっとぼけた表情で口笛など鳴らしてみせる。

　自分がされて嫌なことは人にするなと言うが、それでもやってしまうのが人の性というもの。フローリアの場合、分かっていてそれをやっているから質が悪いが。

「まあまあ、いいじゃないか。君なら残りの業務も、定時時間内に十分終わるだろう？　心労を抱えて帰ってきた優しい上司を、もう少し労ってくれてもいいのだよ？」

「優しい上司は、自分を優しいなどとは言いません」

「つれないね、君も」

　しくしくと泣き真似などしてみせたところで、彼女が本気でないことは子供でも見破れるだろう。

　頭痛を堪えるように頭を振ったストラウドは、努めて冷静な表情を作りながら、意識を切り替えるように問い掛ける。

「それで……会議で何が決まったのですか？　まさか、愚痴を溢すためだけに私を呼んだわけでもないでしょう」

「それでも良かったのだが……分かった分かった、真面目に話すからそう睨むんじゃない」

　視線だけで人を殺せそうな表情になりつつあるストラウドを宥め、ようやく真剣な眼差しを浮かべて口を開いた。

「帝国への、逆侵攻作戦が決まった。この学校からも、その支援要員として人を送り込むことになるかもしれない」

「……随分と、急なお話ですね。何があったのですか？」

想像していた事態を軽く超える決定に、ストラウドは動揺のあまり声が震える。

確かに、王国と帝国は事実上の戦争状態だ。

帝国の奇襲作戦によって、危うく東部方面軍が痛手を被る寸前だったこともあり、各方面がピリピリしている。

だが、それでいきなり逆侵攻しようなどと、いくらなんでも話が飛躍し過ぎだ。

それを成し遂げるためのノウハウも物資もないからこそ、これまでずっと攻めあぐねていたというのに、少し危ない目に遭ったからとすぐさま侵攻作戦を押し進めるなど、とても正気とは思えない。

「そうだね、どこから話したものか……帝国が、次の攻撃目標としてアクランド公国を選ぶ可能性については、以前話したね？」

「ええ、それについては私の見解とも一致しています。絶対とは言えませんが、概ねそうなるのではないかと」

「公国側も、どうやら同じ考えらしい。そこで、公国が主導となって、帝国に隣接する各国で軍事同盟を結び、帝国のこれ以上の暴虐(ぼうぎゃく)を牽制しようという呼び掛けがあったのだよ」

「それは……良いことですね？」

軍事同盟を結ぶことで各国が協力し、帝国の脅威に対処する。実現すれば、当面の平和が保障されることは間違いない。

しかし……その軍事同盟と、王国による逆侵攻作戦と、どういった繋がりがあるのか？

困惑が深まるストラウドに、フローリアは溜め息交じりに続く言葉を口にした。

「良いことさ。だが、既に交戦状態に入っている王国を同盟に加入させることへ、各国が難色を示したのだ。王国が同盟の一員となることで、現時点では帝国と交戦状態にない自国まで戦火に巻き込まれることを嫌ったのだろうな」

「なっ……そんなことを言っている場合ですか!? 王国が落ちれば、次は他の国が標的になるのは自明でしょうに!!」

フローリアに言っても仕方ないと知りながら、それでもストラウドは叫ばずにはいられなかった。

帝国の相手を王国だけに押し付け、自分達は同盟という名の穴蔵に籠もって高みの見物を決め込む。そんな馬鹿げた真似は、断じて認められることではない。

「連中の言い分としては……仮に、王国と同盟を結んだとして、帝国が他国に攻め込んだ時に救援を貰えるのかどうか、疑問が残るとのことだ」

「それは……つまり……？」

「地形を活かし、専守防衛に徹することで国を守るばかりの王国に、他国を助ける意思と力が本当にあるのか疑わしいと、そういうことだ」

本音のところでどう思っているのかは分からないがね、と、フローリアは吐き捨てる。

他国の言いたいことも、分からないではない。

軍事同盟というのは、自国に何かあった時に守って貰うばかりではなく、同盟相手に何かあった時に、その国を守ることまでがセットだ。同時に、「この国ならそれを信じられる」と、建前（たてまえ）にしろ内外に信頼を示す形になる。

自国を守るばかりで、逆襲の一つもかけられないまま一方的に殴られている王国に、他国の援助までする余裕があるのかと疑われれば、否定もしづらい。

「そこで王国の首脳部は、実際に他国支援を行う場合を想定した部隊を編成し、帝国に侵攻。自国防衛との両立が十分に可能であることを各国に示したいと考えているようだ」

「……事情は分かりました。それで、具体的な編成は？」

「飛竜騎士からは、炎竜一個中隊を中核に、天竜三個中隊を合わせた大隊規模の戦力を送り込むらしい。それから……混成部隊（カオスガルド）も、それに参加させるつもりのようだ」

「先ほど言っていた、我が校から送る支援要員というのは、彼らのことですか」

正式な部隊を設立した以上、フェリド達の扱いは生徒であると同時に軍人でもある。

そして、仮に騎士叙勲がまだであろうと、部隊に所属した他の生徒もまた同様に、軍の命令があれば即座に戦場へ向かわなければならない。それが、〝騎士団に所属する〟ということの意味であり……フェリドが、興味本位で入隊しようとする生徒達を全て書類で弾いた理由でもあった。

「要するに、心配なんですね、彼らのことが」

「当然だろう？　せめて一年は訓練期間を用意してやれると思っていたのに、こうも早く実戦の機会を押し付ける羽目になるとはね。いっそ、私も部隊員になってしまおうかと考えたほどさ」

「学長……」

「ふっ、冗談さ。だが、それくらい気を揉んでいるというのは本当だ。……ストラウド君、彼らから何か要望があれば、可能な限り叶えてやってくれ。責任は私が持つ」

「分かりました」

学長というより、母親が子を心配するかのような表情を浮かべるフローリアの頼みを、ストラウドは快諾する。

元より、フェリド達は正式な軍人であると共にまだ生徒でもあるのだ。そんな彼らが戦場に向かうというのであれば、最大限協力するのは教師の役目だ。

「とはいえ……あまり出来ることもないとは思いますがね」

「む……？　どういう意味かな？」

「彼らは、あなたが思っているほど子供ではないということですよ。それでは、これで」

この書類にちゃんとサインお願いしますよ、と、さりげなく仕事を残しながらストラウドは去っていく。

机の上に置かれた書類のその内容を見て、フローリアは微笑む。

「なるほど……こんな事態も、君は想定済みか。ふふっ、すっかり大きくなったじゃないか、フェリド」

そこには、フェリドからの訓練スケジュールの申請と、使用設備の許可願いが記されていた。

その訓練内容と、そこから推察される部隊の戦術に感心しながら、フローリアはサラサラとサインを記す。

願わくば、誰一人欠けることなくこの作戦が終わってくれと、そう祈りながら。


帝国への逆侵攻作戦が決定したが、それを大っぴらに喧伝しては帝国側にその動きを気付かれてしまうため、情報漏洩（ろうえい）のリスクを下げるためにも作戦を知る者は少なく抑えなければならない。

一方で、全く誰もが知らないままに作戦当日を迎えては、部隊としての連携すらままならないだろう。故に、ごく限られた人間のみで作戦会議が開かれた。

作戦に参加する部隊の隊長のみが集められた、部隊長会議である。

（まあ、俺（おれ）はほぼ口を挟ませて貰えないんだけどな）

トライバルト王国の中枢にして、王族が住まう居住区でもある、そんな王城内の一室で、フェリドは表に出さないよう心の内でこっそりと溜め息を溢す。

機密性の高い会議を開くために作られたこの部屋は、騎士ですらない学生の身分では到底立ち入れない——どころか、その所在すら知らされることのない、フェリドにとってある種憧れの場所だったのだが、いざ会議が始まってみれば緊張などどこかに吹き飛んでしまった。

この場に集まった誰一人、フェリドの存在を気にも留めない。そもそも、戦力として当てにされていないのだとひしひしと感じるのだ。

こうも露骨に除け者扱いされては、緊張しろと言う方が無理である。

（まあ、仕方ないっちゃ仕方ないけど）

集まった面々を見渡しても、そのほとんどは三十代前後。当たり前だが、まだ十代の若造など、フェリド以外に一人もいない。

あまりにも若すぎる部隊長率いる、まだその役割もハッキリしていない新設の騎士団。挙げ句、その構成員は全員がまだ学生と来ている。

フェリドが相手の立場だったとしても、こんな部隊に期待はしないだろう。むしろ、邪魔だとすら感じるかもしれない。

「——というわけで、我々の攻撃目標はここ、帝国軍の対王国前哨基地だ。この施設を制圧、ないしは破壊し、当面の脅威を排除することが目的である」

それでも、これから行うのは命を懸けた戦争だ。少なくとも、会議の最中にフェリドをいびって遊ぶような、度を越した愚か者は一人もいなかった。

作戦内容も真っ当で、今のところ特に口を挟む必要性は感じない。これなら、最低限の連携は取れるだろうとフェリドは安堵する。

「作戦の第一段階は、敵の対空迎撃部隊の無力化だ。対竜魔法を用いた攻撃で被害を受けないよう、先行した炎竜部隊が高高度からのブレスによって地上の敵魔法兵を攻撃する。その後――なんだ、質問なら後にしろ」

部隊の割り振りが話題に上ったところで、フェリドはここに来て初めて発言のため手を挙げた。

分からないところは後で聞けと言いたげな視線を受け流し、フェリドは用件を口にする。

「質問ではなく、提案です。……敵地上部隊への攻撃、俺達混成部隊に任せて頂けないでしょうか？」

「口を慎め、新米が!!　貴様、その役目がどれほど重要か分かっていないようだな!?」

作戦の説明を行っていた大隊長ではなく、フェリドの対面に座っていた他の男が怒声を上げる。

テンペスター家の遠縁なのか、やや青みがかった緑の髪が特徴的だが、この場にいるということは天竜部隊を率いる中隊長の一人なのだろう。怒りの形相でフェリドに食ってかかる。

そういった反応を最初から予想していたフェリドは、さして動揺もせずに答えた。

「もちろん理解しております。同時に、敵の対竜魔法（ジャベリン）に対処する炎竜部隊（フレアガルド）が、どれほどの消耗を強いられるのかも理解しているつもりです」

複数の魔法兵が協力し、竜すらも叩き落とす威力の魔力槍を連続で放つ儀式魔法、対竜魔法（ジャベリン）。その気になれば高度数千メトルもの高さまで飛ぶことが出来る竜を落とすため、有効射程五千メトルを越える長射程がその最大の特徴だ。

とはいえ、有効射程ギリギリで空を自由に飛ぶ竜に攻撃を当てるのは容易ではない。故に、攻撃する側はまず、対竜魔法（ジャベリン）の射程ギリギリから連続でブレス攻撃を放ち、その爆炎で敵地上部隊を大雑把に薙（な）ぎ払う。その後、改めて天竜部隊（エアガルド）による航空制圧を行い、最後に地上部隊が進軍して施設を占領するのがセオリーとなる。

しかし――簡単に当てられないというだけで、全く当たらないわけではない。それでいて、敵の攻撃が当てにくい高度ということは、こちらの攻撃も当てにくい高度ということになる。ただでさえ、度を越した高高度まで上昇するのだ。その上で、効果の薄いブレス攻撃を連発し、敵地上部隊が黙るまでそれを続けるとなれば、実行した炎竜部隊（フレアガルド）はほぼその後の戦闘に参加出来ないほどに消耗してしまう。

今回の編成で参加する炎竜乗りは、たったの一個中隊。魔法兵の大まかな排除だけでそれを失うのは、あまりにもリスクが高いのではないか。

フェリドは、そう持論を語った。

「なるほど、君の言い分は理解した。だが……その言い方はまるで、君達混成部隊(カオスガルド)が、炎竜乗り一個中隊分以上の仕事をこなすと言っているように聞こえるが？」

「その通りです」

今作戦の指揮官――ラース・ベルモンド大隊長に向かってハッキリと断言するフェリドに、周囲からは失笑が漏(も)れる。

まだ一個小隊程度の人員しかいない混成部隊(カオスガルド)に、そんなこと出来るはずがない。誰もがそう考えた。

ただ一人、ラースのみが、フェリドの真剣な眼差しを真(ま)っ直(す)ぐに見つめ返している。

「如何なる戦術を取るつもりだ、言ってみろ」

「だ、大隊長!?」

「黙っていろ。少なくとも、混成部隊(カオスガルド)にはたった二人で帝国騎士一個中隊を墜(お)とした実績がある。話くらいは聞いてやるべきだろう」

大隊長にそう言われれば、文句を言っていた者達も黙るより他ない。剣呑(けんのん)な視線が四方から突き刺さる中、フェリドはあくまで堂々とした態度で口を開く。

「飛竜工房が開発した新装備を使います。射程一万メトルを越えるその装備があれば、敵地上部隊の反撃をほぼ受けることなく無力化出来るでしょう」

「一万だと⁉　バカな‼」

文字通り桁が違う射程距離に、会議場は騒然となる。

そんな周囲を手を挙げるだけで再び黙らせたラースは、結論を下す。

「いいだろう、混成部隊に先制攻撃の許可を出す」

「大隊長‼」

「だが、君達が想定通りの戦果を挙げられるか、装備に対する知識のない我々は確証を持てない。よって、混成部隊の攻撃開始に合わせて炎竜部隊が高度を上げて先行、天竜部隊と合流して航空制圧に入るか、更に高度を上げて地上への攻撃に移るかの最終判断を下す。この話は以上だ、次の作戦説明に移る」

反論を許さないまま、次の段階に話を進めるラース。

抗議の声を封殺された男は、その後会議が終わるまでの間、ただじっとフェリドを睨み付けていた。


「フェリド、遅いな。……会議、いつまであるんだろ」

王城内——貴族であればある程度自由に立ち入ることの出来る区画の廊下にて、ウィンディは壁を背にフェリドを待っていた。

今日は元々、二人で郊外区を散歩しようと約束していた日だったため、その装いはラフな私服姿だ。普段と違い大きく露出された肩回りと、スカートの端から覗く白い太ももが目に眩しい。

旧来の伝統を重んじる老貴族であれば、こんなヒラヒラとした服装はけしからんと激怒するかもしれないが、最近の若い貴族であればこれくらいは普通である。

もっとも、久しぶりにデート出来ると気合いを入れてお洒落したにも拘わらず、肝心のフェリドは急な呼び出しで会議に向かってしまったため、こうして一人待ち惚けを食っているのだが。

「むむぅ……」

フェリドは部隊長なのだから、こんなこともあると分かっている。それでも、よりによって今日じゃなくてもいいだろうと、ウィンディは不満も露わに頰を膨らませていた。

「埋め合わせ、何お願いしようかな」

天井の染み……は一つも見当たらないので、代わりに脳内で羊の数など数えてみながら、ウィンディは鼻歌交じりに考える。

どう考えてもフェリドが悪いわけではないのは知っているが、それでもこういう時は〝埋め合わせ〟と称して甘えるのが乙女の鉄則だと、カレンに習ったのだ。

「んー……」

ウィンディにとって、恋愛の師匠とも言えるカレンの言葉だ。きっと正しいはずだと、必死に頭を捻ってアイデアを出す。なお、その師匠に恋愛経験はゼロだったりするので、当てになるかは疑問だが。

無難に次の約束を取り付けるか、覚えたばかりの料理を教えて貰うか、はたまた夜に一緒に寝て貰うというのもいいかもしれない。しょっちゅう無断で忍び込んではいるが、ちゃんと許可を得て隣で寝るのはまた違うのだ。

彼と過ごす時間に思いを馳せ、ニコニコと楽しげな笑みを浮かべていると、ウィンディはふと人の気配を感じた。

「……フェリド？」

姿を見たわけではない。何となく、遠くから足音が聞こえた気がするだけなのだが、ウィンディはそれをフェリドだとすぐに確信した。

早く確かめようと、音のした方へ一目散に走っていき――そこで、一人の男と対峙するフェリドを見付けた。

「話ってなんですか？　中隊長」

青みがかった緑色の髪を持つその男の名は、ワーナス・テンペスター。テンペスター家の遠縁で、騎士としての才能を見出されたことでテンペスターを名乗ることを許された男だ。

ウィンディは知らないが、今回の逆侵攻作戦で三つある天竜部隊の一つを率いることになっているワーナスは、フェリドを鋭い眼差しで睨みながら口を開いた。

「率直に言おう。君の部隊にいるウィンディを、俺の部隊で引き取りたい」

「……はい？」

思わぬ言葉に、隠れて様子を見ているウィンディまでもが、フェリドと同様に「はい？」と声に出しそうになった。

だが、言っている当人は大真面目なのだろう、その理由を語り出す。

「セルリオさんのみならず、ドルイドさんまでもがいなくなった今、ウィンディはテンペスター家唯一の直系だ。以前までならその実力が疑問視されていたが、実績を積んだ今ならそれも問題ないだろう。彼女は、混成部隊（カオスガルド）などという将来性のない場所で使い潰（つぶ）していい才能じゃない。いずれ天竜部隊（エアガルド）を率いるためにも、今のうちから俺の下で学んだ方がいい」

（何言ってるの、あの人）

率直に言って、ウィンディは彼の言い分が全く理解出来なかった。

そもそも、ウィンディに――その相棒であるピスティに未来はないと、半ば家から追い出そうとしていたのがテンペスター家だ。ワーナスもその一人であり、記憶が確かなら、彼はドルイドのように〝個人〟としての実力すら認めることなく、ウィンディを蔑（さげす）んでいたはずだ。

それが、少し実績を挙げた途端にこの言い種（いぐさ）である。呆（あき）れてものも言えなかった。

「……うちの部隊に将来性があるかないかなんて、よく分かりますね？　中隊長は俺達の訓練風景すら見学されていないかと思いますが」

「そんなこと、見なくとも分かる。そもそも、先の戦闘の記録においても、敵騎士を墜としたのはほぼウィンディの戦果だ、君じゃない」

書類上の数値においては、確かにウィンディの方が撃墜数は多い。しかし、それは全てフェリドのサポートがあってこそだとウィンディは思っている。

何も知らない癖に、と、ウィンディの機嫌はどんどん傾いていく。

「何なら、勝負しようか？　俺と君、どちらが次の作戦でより多くの戦果を挙げるのか。一個小隊で中隊以上の働きをしてみせると嘯いていたんだ、まさか逃げたりはしないよな？」

この場に剣がないことを、今日ほど後悔したことはないとウィンディは思った。そうでなければ、あの減らず口をすぐに切り刻んでやるのに、と、剣呑な魔力を立ち上らせる。

「君が勝てば、俺は大人しく引き下がろう。だが俺が勝ったら、ウィンディをこちらに引き渡せ。まあ……地竜乗りのモグラでは、勝ち目はないかもしれないがな」

もうこの際、拳でもいいか。身内なのだから、王城内で多少騒ぎを起こしても裁判にまではなるまい。

今や学生ですらほとんど使わない蔑称まで用いてフェリドを煽るワーナスに我慢出来ず、ウィンディは飛び出そうとして――

「馬鹿なんですか、あなた？」

想像していた何倍も辛辣なフェリドのセリフに驚き、思わず足を止めた。

「なっ……ば、馬鹿だと⁉」

「その賭け、俺に何一つメリットがないんですけど？　そもそも、王国の未来がかかった作戦に私闘を持ち込もうだなんて、隊長としての資質を疑わざるを得ません。失望しましたよ、中隊長」

「このっ、言わせておけば……‼」

ワーナスが、怒りのままにフェリドの胸ぐらを掴み上げる。

しかし、フェリドはそれに動じるでもなく、死角からの足払いを仕掛けた。

「ぐぁ……⁉」

まさか、まだ学生でしかない新米に反撃されるとは思っていなかったのか、ほぼ無抵抗でワーナスは倒れる。

そんな彼の胸ぐらを、フェリドは逆に掴み返した。

「まあ、実を言えば今のは全部建前です。本音を言うのなら……」

ワーナスの眼前に顔を近付け、至近距離で睨み付ける。

普段温和なフェリドが見せる珍しい姿に、ウィンディは目が離せなかった。

「ウィンディは俺の翼だ。あんたにも、どこの誰にも渡さない。絶対に‼」

（フェ、フェリド……⁉）

急速に、顔に熱が集まっていくのを感じた。

ドキドキと心臓が高鳴り、落ち着こうと思っても全く落ち着く気配がない。

「だから、証明してやるよ。混成部隊が、いずれ最強になる騎士団なんだってこと。ウィンディのいるべき場所は、あんたじゃない、俺の隣なんだってことを!!!」

その場にしゃがみ込み、無意識に緩んでしまう表情を必死に整える。

ウィンディを部隊に繋ぎ止めるために、部隊長にまで喧嘩を売った。どちらかと言えばことなかれ主義なところがあるフェリドが、自らの意思でウィンディを自分の女だと宣言したのだ。

何の心の準備も出来ていないところに、そんなセリフを聞かされて、ウィンディは溢れ出る喜びを抑えられない。

「ズルいよ、フェリド……そんなこと言われたら、余計に好きになっちゃう……」

そんな風に呟きながら、ウィンディはこっそりとその場を後にする。

その後、待ち合わせ場所で気恥ずかしさから妙に余所余所しくなってしまったウィンディに、フェリドは待たせ過ぎて怒っているのだと勘違いを重ね、盛大な空回りを演じることになるのだが……それは余談である。

「――というわけで、まだ詳細は明かせないが、俺達にも近々任務が降ることになった。そこで、足りない人員を補うべく、臨時ではあるが新たなメンバーを迎え入れる」

いつもの、混成部隊拠点にて。ウィンディとレミリーの二人へと、フェリドはそう説明する。

　それを受けて、レミリーはなるほどと納得顔で、ウィンディは意外そうにフェリドの背後に控える二人の人物を見た。

「ライルは、フェリドの友達だから分かるけど……ドランは、予想外」

　一人は、フェリドの親友にして地竜科所属の二年次生、ライル。フェリドの陰に隠れがちだが、一般的な地竜乗りとしては十分な飛行技術がある。

　そして、もう一人――ウィンディにとって予想外だったのが、炎竜科二年のドラン・フレアバルトの存在だ。

　ウィンディにとっては、先日料理の特訓に付き合って貰った仲ではあるが、彼にとってフェリドは因縁浅からぬ相手だ。

　フェリドが彼を部隊に引き入れる判断をしたことも、ドランがここに来たことさえ、ウィンディにとっては予想外だった。

「まあ、ウィンディは二人とも知ってる相手だから今更だけど、レミリー殿下は初対面ですよね？　こちら、地竜乗りのライルと、炎竜乗りのドラン・フレアバルトさんです」

「よろしくお願いします、姫様!!」

　ビシッと、ライルは渾身のイケメン（？）フェイスを見せ付けながらレミリーに挨拶する。

　あまりにも露骨過ぎてレミリーですら若干引いているが、これが平常運転なので特にフェリドからフォローもツッコミも入らなかった。

「ふん、俺は来る気はなかったんだが、フェリドがどうしてもと言うから仕方なくな」

だが、ドランは別だ。あくまでも尊大な態度で、腕を組みながら鼻を鳴らす。

そんな彼に、フェリドは素直に肯定の返事を返した。

「はい、どうしてもドランさんの協力が必要だったので、俺の方からスカウトしました」

「……おいフェリド、本当にどういう風の吹き回しだ？　まさか、〝地竜乗りごとき〟に負けた俺に同情してるんじゃないだろうな？」

フェリドとドランの関係は、学校内でもそれなりに有名だった。それが、直接対決でほとんど見せ場もないままに墜とされてしまったため、少しばかり彼の立場が悪くなってしまったのは確かだ。

それを気にしているのかと問われたフェリドは、「そんなまさか」と肩を竦めた。

「俺は単に、ドランさん以上に腕の立つ炎竜乗りを知らないだけです。カレン先輩以外でね」

「……ふん、腐っても隊長のくせに、随分と見識の浅いことだな」

「少なくとも、この学校内に限れば全員分の成績と空戦訓練の映像を確認しましたけどね。ドランさんは、どこまでの範囲をお望みで？」

「ちっ……口の減らないやつだ」

忌々しげに舌打ちを鳴らしたドランは、適当に椅子を引っ張り出してどかりと音を立てながら座る。

　機嫌の悪いヤンキーにしか見えない彼の言動に、レミリーはビクビクと震えてしまっていたが……続く言葉で、漂い始めていた緊迫の空気は霧散した。

「ドランだ。……さん付けで呼ばなくていい、隊長が部下に謙るな、馬鹿が」

「……分かったよ、ドラン。期待してるぞ」

「ふん、言われるまでもない」

　つっけんどんな態度ながら、どことなく通じあったような会話をする男達。

　そんな二人に、女性陣……特にウィンディは微妙な表情でフェリドの裾を掴んだ。

「ドラン、フェリドは私の。渡さないから」

「おいこら、まだ信じてないのかテンペスター。あれは姉貴がからかっただけだと言っただろうが」

「え、何の話だ？」

「実は……」

「おいやめろ、勘違いを広げようとするな、おい!!」

　フェリドにとんでもないデマを吹き込もうとするウィンディを、ドランが必死に止めようと騒ぐ。

　ドタバタと三人で暴れる光景に、ライルは何してんだと肩を竦め、レミリーはオロオロと所在なさげに辺りをうろつく。

「あっ」

「おわっ、ウィンディ!?」

そんな騒ぎの中でウィンディが転び、フェリドもまたそれに巻き込まれる形で覆い被さってしまう。

端から見ると、まるでフェリドが押し倒しているかのようなその構図に、ウィンディはポッと顔を赤らめた。

「フェリド……そういうのは、夜に二人だけで……」

「いや、誤解を招くような言い方すんな!!　学生の間は手出さないから!!」

「ほほー、学生の間は、ねえ～？　それはつまり卒業後は……くーっ、フェリドも言うようになったな!!　よっ、色男!!　爆発しろ!!!!」

「余計なこと言うなライル!!!!」

「おいフェリド、今日は部隊全員で全体訓練をすると言ってなかったか？　嫁との逢瀬なら余所でやれ、この色ボケ野郎が」

「元はと言えばお前が暴れ出したからだろドラン!!」

ぎゃあぎゃあと、男二人の殺気を浴びながらフェリドが叫ぶ。

否定はしながらも、彼がウィンディのことを大切に想っていることだけは、誰の目から見ても明らかだった。

「…………」

そのことに、なぜか複雑な思いを抱きながらも、レミリーはその輪に加わることなく、静かにそれを見守っていた。

「ふー……今日も、疲れました……」

夜。騎士学校の女子寮、そこに併設された大浴場にて、レミリーは一人ゆっくりと湯船に浸かっていた。

寮で生活しているわけでもないレミリーは、普段であれば王城にある浴室に入るようにしている。しかし、今日は訓練が長引いたこともあって、拠点からほど近い女子寮の浴場を使うことにしたのだ。

「ふふ……たまにはこういう場所もいいですね。広々として、こう……解放感が……」

夜も遅い時間だったため、他の生徒はいない。大人数で入ること前提の浴場は、広さだけなら王城のそれよりも更に大きく、世話をしてくれる使用人もいないが故に自由にのびのびと浸かることが出来た。

これまで経験がないほどに度重なる訓練と、それに並行して行われる混成部隊（カオスガルド）の備品整理、物資確認などの出撃準備。

近々発動される作戦に合わせて多忙を極める現状、体の中には大きな疲労が溜まっており、それがゆっくりとお湯に溶けて流されていくかのような感覚が心地好い。身も心もリラックスし、頭がスッキリとクリアになる。

だからこそ、というべきか。

レミリーの頭には、直近の大きな悩み事が浮かび上がった。

「……初任務、一体どんなものなんでしょうか……」

まだ、初めての任務の詳細は明かされていない。内容はおろか、いつ行われるのかさえ教えて貰えないままだ。

つまりはそれだけ、機密性の高い任務であり——王国にとって、重要な作戦に関わるということだ。

そんな作戦に、創設されて間もない混成部隊（カオスガルド）が関わるというのも驚きだが、それでもフェリドやウィンディならばと納得は出来る。

レミリーにとって問題なのは、それに関わるのは彼らだけでなく、同じ部隊の一員である自分もだということだ。

「私に……出来るでしょうか……」

フェリドに諭され、相棒を……レンリルを信じると今一度心に決めた。だからこそ、こうして日々訓練を重ね、少しずつ上達している実感もある。

しかし、それでもやはり、一人になると考えてしまうのだ。

いざ実戦となった時、本当に自分が役に立てるのか。取り返しのつかない失敗を犯し、レンリルや部隊の足を引っ張ってしまうのではないかと。

「……あれ、レミリー？　こんなところで会うなんて珍しい」

「あ……ウィンディさん……」

お風呂の中で悶々としていると、同じく入浴しに来たらしいウィンディと出くわしてしまう。

悩んでいた内容が内容だけに、気まずい思いをしていると、そんな彼女の気を知ってか知らずか、軽く体を流したウィンディは湯船に入ってくる。

「ふー、極楽……」

「……ウィンディさん、お風呂の中で泳ぐのはお行儀が悪いと思いますよ？」

「泳いでない。浮いてるだけ」

完全に脱力したウィンディが、ぷかぷかと漂うようにレミリーの傍へやって来た。

そして、同じようにお湯に揺蕩う二つの膨らみをレミリーの体に見付けると、むむっとそれを睨み付ける。

「レミリー、それどうやって育てたの？」

「えっ、いやあの、育てたというわけでは……」

「育てもせずにそれ……？　ますますズルい。ちょうだい」

「あげられませんよ!?」

まるで幽鬼のようにハイライトの消えた瞳で手を伸ばすウィンディに怯え、さっと胸を隠して後ずさるレミリー。

そんな彼女の姿に、ウィンディはくすりと笑った。

「冗談。レミリーが暗い顔してたから、元気付けようかと思って」

「冗談の割には目が本気だった気がしますけど……」

「気のせい」

そう言って、ウィンディはレミリーの隣に腰を降ろす。

すっかり落ち着いたその様子を見て、レミリーもようやく警戒を解いた。

「それで、何を悩んでたの？」

「あ、えっと……混成部隊の初任務のことで……私、ちゃんとお役に立てるかな、って……」

「まだ詳細も教えて貰ってないのに、気にしても仕方ない。それに……フェリドは、私達に出来ないことは言わないよ。フェリドが任せてくれる仕事は、出来るって期待されてるって意味だから。自信を持って、やればいい」

「……信頼されているんですね、フェリドさんのこと」

「当然。だから、レミリーも大丈夫。フェリドが選んだ隊員だもん、きっと立派な騎士になれるよ」

真っ直ぐに、どこまでも揺るぎない信頼の眼差し。

ここまで迷いなく信じられる二人の関係性を、レミリーは少しばかり羨ましく思った。

「……意外ですね。ウィンディさんは、私のこと嫌いなのかと思っていました。それなのに、こんな風に励ましてくれるなんて……」

だからなのか、レミリーは普段なら口にしないような、意地の悪い質問をしてしまっていた。

しかし、当のウィンディはと言えば、きょとんと目を丸くする。

「なんで？　私、レミリーのこと好きだよ」

「……え？　そ、そうなのですか？」

予想外の回答に、レミリーは動揺してしまう。

嫌われているわけではなかったのなら嬉しいが、それにしても好きとまで言われるとは思わなかったのだ。

「だって、料理は美味しいいし、いつも拠点のお掃除してくれるし、私がお昼寝してたら毛布かけてくれたりもしてたし。嫌いになる方が難しい」

「それは……で、でもその、ウィンディさんはいつも私のこと睨んでいましたよね？　何度も勝負を挑まれましたし……」

「私を差し置いてフェリドとイチャイチャしてるのが羨ましかったから。それに、おっぱい揺らしてフェリドを誘惑するのズルい、禁止。後、ライバルなんだから勝負を挑むのは当然」

「イチャイチャなんてしてませんし、ゆ、誘惑なんてもっとしてませんから!!」

逆上（のぼ）せたのかと勘違いするほど真っ赤（か）になりながら、再び胸を腕で隠す。

確かに、時折フェリドの――今ではライルの方が圧倒的に多いが――視線を胸に感じることはあったが、別に誘惑などしていない。単に、歩いているだけで揺れてしまうほど大きいだけだ。

しかしそれを言ったところで、余計に呪詛（じゅそ）の籠もった眼差しを向けられてしまうことくらい、レミリーは経験則から理解している。だからこそ、他の話題に逸らすことで誤魔化（ごまか）すことにした。

「それに、ライバルって……私とウィンディさんが、何のライバルだって言うんですか……？」

「それはもちろん、恋のライバル。だって、好きなんでしょ？　フェリドのこと」

「……え？　……えぇぇぇぇ!?」

思わぬ理由からのライバル判定に、レミリーはそれまで感じていた羞恥も何も吹き飛んで更に顔が熱くなる。

勢い余って立ち上がりながら、レミリーは必死に叫んだ。

「ち、違います!!　確かに、フェリドさんは尊敬出来る人ですし、どうしようもない落ちこぼれだった私に道を作ってくださった方ですけど……だ、だからって恋などとは!!」

本当に違うのなら、ここまで慌てる必要はない。微笑一つで聞き流し、軽く訂正すれば済む話だ。

そうと分かっていながら、それでもレミリーは叫ばずにはいられなかった。

その理由を、既に自覚しているからこそ、余計に。

「だ、第一、フェリドさんは既に、ウィンディさんと交際なさっていますよね!? それなのに、ポッと出の私が横恋慕だなんて……誇り高き王国人の女性として、そんなのは破廉恥です!! 許されません!!!!」

「レミリー……それを言うと、フェリドは今もほとんど毎日、色んな女の子からアプローチされてる……」

「…………」

返す言葉が見付からず、レミリーはそっと目を逸らす。

残念ながら、将来の玉の輿候補に粉をかけるという大多数の女子生徒の願望を前にしては、王国人の女性としての誇りなど塵芥なのである。

「でも、私がライバルだと思ってるのは、レミリーだけ。フェリドの名声だとか肩書きだとかじゃなくて、ちゃんとフェリド個人を見て好意を持ってるのは、レミリーだけだから」

じっと見つめる翠玉の瞳に浮かぶのは、信頼と確信。レミリーが蓋をして見ないようにしていた想いを、ウィンディはごく自然に暴き出す。

「だからこそ、負けたくない。騎士としても、女の子としても、フェリドの一番になって隣に立つのは、いつだって私でいたいから。だからこそ……レミリーには、私以外に誰にも負けて欲しくないの。レミリーなら、きっと出来る。頑張って」

どこまでも我が儘な声援に、レミリーは思わず噴き出してしまった。

首を傾げるウィンディに、レミリーは吹っ切れた表情で応える。

「本当に、変わってますね、ウィンディさんは。普通、ライバルを応援なんてしませんよ？」

「……そうなの？　ライバルは女を強くするって、カレンも言ってたんだけど」

「多分、少し意味が違うと思いますよ？　でも……そのお陰で、迷いは晴れました」

胸に手を添え、騎士の誓いを立てるかのように、レミリーは告げる。

「私の想いは、まだハッキリとは分かりません。ですが、フェリドさんとウィンディさんから頂いた期待には、全身全霊を以て応えてみせます。レミリー・ウィル・トライバルトの……いえ、私の相棒、〝不落の太陽〟レンリルの名に誓って」

竜の大切さを知るウィンディだからこそ、〝王族の一員〟としての名ではなく、〝相棒の名〟に誓うことの意味はよく分かる。

分かっているからこそ、その誓いを立てたレミリーに笑みを返し、そして――

「なんか、お風呂場ですっぽんぽんのまま言われても、ちょっとカッコつかないね」

「……台無しですよ、ウィンディさんのバカ!!!!」

つい溢した本音に、レミリーが本気で泣き始めてしまい、ウィンディは慌てて弁明に入る。

賑やかな少女達の交流は、夜のお風呂場に姦しく響き――作戦決行の時は、もう目前まで迫っていた。

第四章　混成部隊、出撃

詳細はほとんど知らされず、それが近いことすら徹底して口止めされた今回の逆侵攻作戦。それでも、やはりどこかピリピリとした緊張感が学園に漂い、誰もが〝何か〟が起こることを予感し始めた頃。ついに、その決行の日が来た。

「作戦の詳細は今伝えた通りだ。装備の整備は万全だな？」

「ん、平気」

フェリドの問い掛けに、真っ先にウィンディが答えた。

出会った頃からあまり身長も変わらず、幼い子供にしか見えない彼女だが、その瞳にはこれから向かう戦場に対する恐れも緊張も見られない。

普段通りの姿に頼もしさを覚えながら、フェリドはその頭を軽く撫でた。

「私も、問題ありません」

続けて、レミリーからも返事が届く。

彼女の仕事に抜けがないことは、他ならぬフェリド自身がこれまでの付き合いでよく分かっている。故に、彼女に関しては何も心配することはないと、信頼を込めて一つ頷く。

「ライルとドランは？　問題ないか？」

「俺（おれ）達も平気だぜ、いつでも行ける」

「ふん、俺は元から準備万端だ。待ちくたびれて干からびるかと思ったほどにな」

臨時メンバーのライルとドランからも、準備万端との返答があった。

フェリドを含めて、たった五人の騎士団。全員が、部隊を象徴する漆黒の騎士団服に身を包み、普段とは異なる大人びた雰囲気で並んでいる。

部隊と呼ぶのもおこがましい、あまりにも小さな騎士団だが、それでも騎士となって初となる出撃の時だ。フェリドの気分は、否応なく高揚していく。

「よし——それじゃあ、行くぞ。混成部隊（カオスガルド）、出撃だ‼‼」

フェリドの号令に全員が応じ、竜の羽ばたきが突風を起こす。

大空へ向かって飛び立った彼らの勇姿を、見送る者はいない。そんな非公式な出撃を、ただ一人、学長室の窓からフローリアが見守っていた。

「頑張るんだよ、フェリド。必ず生きて帰って来ておくれ」

騎士学校から飛び立ったフェリド達は、国境付近で一夜を明かして休息を取った後、指定のポイントで他の部隊と合流し、帝国領へ向かって飛んでいく。

その数は、フェリド達を含めて五十三騎。訓練であっても滅多にお目にかかれない大部隊が整然と並んで空を飛ぶ光景は、その末席に加わるフェリドをして圧倒する迫力があった。

「いやー、ほんと壮観だなこりゃ!!　まさか俺がこんな大規模な編隊飛行することになるとは思わなかったよ。これもフェリド様様だな!!」

ライルも同じことを思ったのか、隊内通信越しに興奮した声が響く。

一応は作戦行動中なのだから、隊長としては私語を慎むよう言った方がいいのかもしれないが……帝国領までは、まだ距離がある。今は少し雑談して、緊張を解した方がいいか。

そんな風に考えて、フェリドも通信を開いた。

「おう、感謝しろよライル。感謝ついでに、帰ったら残った書類仕事をお前が全部片付けてくれると嬉しいんだが」

「おっと、やぶ蛇だったかなこりゃ」

だっはっはっは、と笑うライルの声に、部隊内の空気が適度に解れる。

こうして、どんな時でも明るいムードを作り出してくれる存在は、命懸けの戦場にあっては特に貴重だ。

（我ながら、いい人選だったな）

フェリドがそう自画自賛していると、「そういえば」とライルから立て続けに質問が飛ぶ。

「こうして見るとさ、やっぱ騎士って言ったら鎧じゃん？　なんで俺達だけ騎士団服で出撃なんだ？　……予算、足りなかったとか？」

「違うから安心しろ。……まあ、ぶっちゃけるなら、服でも鎧でも、防御性能にそこまで差はないからだな」

騎士学校の制服もそうだが、騎士が身に纏う衣服は鎧を含めてほぼ例外なく魔法を付与され、装着者が自然に放出している魔力を吸ってその防御性能を引き上げるように出来ている。

昔はあくまで補助としての役割しかなかったこの魔法付与だが、現代では技術も進み、元の素材がなんであれほぼ変わらない防御性能を実現するに至っているのだ。

「性能に差がないなら、鎧より服の方が動きやすいし、体力の消耗も抑えられる。だから俺達は鎧じゃないいんだよ」

「なるほど。……って、その理屈だと、今度はなんで他の騎士は全員鎧なんだって疑問が出てくるんだけど？」

「それはまあ、一言で言うなら……伝統、かな……？」

昔から、騎士は鎧だと決まっているから、今も鎧を着ている。

一応、多少なりと重量を持つ鎧の方が、騎士同士の空戦で弾き飛ばされにくいという利点もあるとは言われているが、フェリドからすれば大して意味のある差とは思えなかった。

「それに、俺達はただでさえ重量物抱えて飛んでるからな。ちょっとの差でも、軽く出来るところはしておかないと」

そう言って示した先……ウィンディ、レミリー、ドランの三人の跨がる竜の体には、左右の足に括り付けるような形で正方形の岩がぶら下がっている。

魔力を宿した不可思議な石、蓄魔石。それを、竜が飛行するために使う魔力の補助タンクとして利用するための新装備——増魔槽。

これを用いることで、理論上はこれまで以上に竜が長距離の飛行に耐えられるようになる。

ただ、岩を直接ぶら下げているようなものなので、魔力消費を代替出来るにしてもやはり重い。

そうした竜の肉体的負担を考慮しても、やはり騎士団服で出撃するのが最善だとフェリドは判断したのだ。

「特にウィンディ、ピスティには少しキツイ重量だろうから、気に掛けてやってくれよ」

「ん、大丈夫。ちゃんと遠くまで飛べるのは訓練で確認してるし、ピスティも大丈夫だって」

「キュオォ‼」

任せろ、と言わんばかりに咆哮するピスティだが、編隊飛行中のそれは大抵の場合、部隊に危険を知らせるシグナルとして利用されているものだ。

当然、何でもないタイミングで咆える竜へと他の騎士達から非難の眼差しが突き刺さり、心なしかシュンと小さくなるピスティ。

代わりに周囲へ頭を下げたウィンディは、どんまい、と言わんばかりに相棒の背を撫でていた。

「……そろそろ帝国領だ。総員、気を引き締めろ」

少し緩みすぎた空気を正すように、大隊長であるラースから通信が飛ぶ。

それを受けて、フェリドもまたラースへ通信を飛ばした。

「では予定通り、混成部隊(カオスガルド)から二名、先行偵察に出します。ウィンディ、ドラン、頼んだぞ」

「ん」

「任せておけ。そっちもしくじるなよ」

フェリドの後ろに並んでいた二人が隊列を離れ、速度を上げて飛んでいく。

それを見送りながら、フェリドは大きく息を吐いた。

(今回の作戦は、ちょうど前回とは逆……こっちが奇襲する側だ。重要なのは、帝国側が俺達の動きに気付くのが、いつになるか)

奇襲というのは、スピードが命だ。故に、フェリド達がいるこの飛竜騎士大隊は、地上部隊を置き去りにする勢いで先行し、帝国領に侵入した。

それは確かに、帝国側の意表を突き、大打撃を与えられる可能性が高くなるが——逆に言えば、地上部隊の援護を受けられないまま、敵地で孤立する危険性を孕(はら)んでいることを意味する。

(……怖いな、これは)

百パーセント確実に成功する作戦などあり得ない。どれほど準備を重ね、有利を積み重ねて挑んだとしても、事前に予想し得ない思わぬ要素によって、作戦が破綻する可能性は常に存在する。先人はそれを、〝戦場の霧〟などと称したりもした。

前回はただ、死に物狂いで抵抗するだけで良かった。しかし、自らが攻める側になってみると、守るのとはまた違った恐怖がある。

それを心に感じていると、フェリドは自身の相棒が突然体を左右に揺らしたのを知覚した。

「……励ましてくれてるのか？　ありがとな、グラド」

先ほどのピスティの失敗を見ていたからか、鳴き声による返答はない。しかし、顔を合わせることすら出来ない状態であっても、意識を向ければ相棒の意思をしっかりと感じ取ることが出来た。

――俺がついてる、と。

その時、フェリドに通信が入った。

内容を確認し、フェリドは叫ぶ。

「偵察に出た二名から通信!!　予定ポイントで、帝国軍前哨(ぜんしょう)基地を発見!!　対応は遅れており、今なら奇襲可能とのことです!!」

フェリドからの報告により、一気に部隊の空気が張り詰める。

ピリピリとした緊張感の中で、フェリドは残った部下達に指示を出す。

「レミリー殿下は、このまま部隊に随行し、ウィンディ達と合流してください。ライル、お前は俺と一緒に地上に降下するぞ」

「ガーディアン小隊長」

通信越しに聞こえたラースの声が、自身を呼ぶものだと気付くのに、フェリドは少々時間がかかった。

未だに〝ガーディアン〟という姓で呼ばれることに慣れていない、まだまだ初々しさの残る新米へと、大隊長は短く告げた。

「君には期待している、励みたまえ」

「え……」

「さあ、行くぞ!!　作戦開始だ!!」

言葉の真意を問う暇もないまま、作戦開始の号令が轟く。

疑問は残るが、作戦を遂行する上で必要なことでもない。すぐに頭を切り替えたフェリドは、ラースに断りを入れて地上へ降りる。

「さて……やるぞライル、準備はいいな?」

「おう。……けどこれ、本当に当たるのか?」

「計算を間違えなきゃ、ちゃんと当たるよ。訓練だってしただろ?」

「俺、計算苦手なんだよな～」

「それくらいなら手伝ってやるから、他は自分の力でやれよ?　それに意味があるんだからさ」


着陸したフェリド達は、地竜の力でここまで運んできた、新たな装備を展開する。

炎竜ですら運ぶのは難しいほどの重量を誇るそれは、竜魔銃(ドラゴガン)の改良型だ。

人の力では到底持ち上がらず、一発撃つだけで途方もない魔力を消費する怪物。空の上での運用を諦(あきら)め、地竜の輸送速度と莫大な魔力によってのみ運用可能な、地竜専用超長距離対地制圧兵器。

〝竜魔砲(ドラゴバスター)〟――フェリドの考案した、戦争の常識すら覆す新装備だ。

「距離、約八千。高低差はほぼなし。初運用としては上々の条件だな……さあ、やるぞ」


帝国軍、西部方面前哨基地。対王国を念頭に置いて建設されたこの基地だが、実のところあまり民衆からの評判は良くなかった。

十年前、意気揚々と王国に戦争を仕掛けておいて、初戦であっさりと敗北して逃げ帰ってきた負け犬。それが、大多数の民衆からの評価だ。

しかも、その汚名を返上せんと準備を重ね、ついにその時が来たと国境へ部隊を向かわせたにも拘わらず、当初の奇襲作戦が失敗したということで何もせずに引き返す羽目になってしまった。

莫大な国費を投じて行われた、あまりにも間抜けな実地演習。戦う勇気もない腰抜け。

民衆のみならず、同じ軍人からもそんな陰口を叩かれてしまっている今。前哨基地司令官のボグル・ドゴランは、非常に不機嫌な状態でその日を迎えていた。

「忌々しい……!! 奇襲などに頼らずとも、我が精鋭部隊ならば、今度こそあのハエ共を地上に叩き落としてやったというのに!!!!」

ハエというのは、王国人のことを指す蔑称だ。ブンブンと空を飛び回り、簡単に手を出せない高空からしつこく攻撃を繰り返してくる煩わしさから、帝国人の間ではそう呼ばれている。

そんな〝ハエ〟に、二度も敗北を喫した。しかも、十年前のように戦って負けたならまだしも、今回は戦うことすらさせて貰えなかった。

その事実が、ボグルを余計に苛立たせる。

「貴方様も、そうは思いませんか――スペクター殿下!!」

ボグルの対面に腰かけているのは、一人の少年。

いかにも軽薄そうな態度で、欠伸など噛み殺しながらボグルの愚痴を聞いていた彼――スペクター・フォン・バゼルニアは、つまらないとばかりに溜め息を溢した。

「いや、別にお前らが勝てるか勝てないかとか、そんなことは聞いてないんだよ、こっちは。あんたらは、王国に仕掛ける気はあるの？　って聞いてんの」

「それは……上層部の許可が降りないことには何とも……」

先ほどまでの威勢はどこへやら、一気に勢いが萎んでいくボグルの様子に、スペクターは頭痛を堪えるかのようにこめかみを押さえる。

スペクターとしては、ボグルを煽って火種を作り、友軍救援の名目で王国相手にひと暴れしてやろうと考えていた。上手く行けば、これまで膠着状態だった両国の戦争が激化し、闘争の日々が幕を開けるかもしれない。

その中で――〝銀閃〟のフローリアや、ドルイドを降したフェリドやウィンディなどの強者と戦い、楽しむことが出来るのではないかと、そう企んでいた。

しかし、いざこうして前哨基地を訪れたスペクターは、ボグルの態度に深い失望を覚えていた。

確かに、王国軍相手に一矢報いたいという願望は持っている。これまで負け続きなのは何かの間違いで、本来なら自分達が勝利するはずだと根拠もなく考えている。

一方で、上官の命令に背いてでも、どうにか戦果を挙げて実力を認めさせようと企むほどの、ある種無謀なまでの若さと思慮の浅さは持ち合わせていないらしい。

これではどう煽てたところで、適当に窘められて終わりだろう。鉄砲玉に使うには、不良品もいいところだ。

(これじゃあ、いつまで経っても遊べないじゃないか。全く、こんなことなら最初から、ドルイドについて行けば良かったか?)

スペクターにとって、平和や平穏ほど退屈なものはない。

まだ幼かった頃は散々に戦争し、闘争の中で勢力を伸ばしていた帝国が、やっと戦える歳（とし）になった途端引きこもりに転じている現状は、彼にとって非常に気に入らない。

（あーあ、いっそ王国の方から仕掛けて来てくれたりしないかな……）

歴史的に、今の帝国以上の引きこもりとして知られる王国が、自らの意思で仕掛けて来ることなどあり得ない。そう分かっていても、スペクターはそんな風に思う。

まさか、それが現実のものになるなどとは、思いもよらぬままに。

「し、司令!!　報告です!!」

「なんだ、そんなに慌てて……」

二人がいた司令室に、突然一人の兵士が飛び込んで来た。

問いかけるボグルに、兵士はたった今やり方を思い出したかのように敬礼しながら答えた。

「基地上空にて、王国のものと思われる飛竜騎士を二騎確認!!　至急ご指示を!!!!」

「なんだと!?　そんな馬鹿（ばか）な!!」

慌てて双眼鏡を手にしたボグルが、窓から空の上を探る。

部下から示された方向を見ると、確かに二騎の飛竜騎士が飛んでいるのが見えた。

「たった二騎ということは、威力偵察か何かか?　くそっ、こうも易々（やすやす）と接近を許すなど、警備隊は何をしていた!!　おい、魔法兵に対竜魔法（ジャベリン）を準備させろ、今すぐ追い払え!!　それから、騎士共にも緊急発進（スクランブル）の準備をさせろ!!!!」

「はっ!!!!」

指示を受けた部下が、急ぎ司令室を後にする。

それを見送りながら、スペクターはやや呆(あき)れ顔で口を開いた。

「今から緊急発進(スクランブル)の準備って……そういうのは常に待機させとくもんじゃないの？」

「待機しておりますよ。五分で騎士達の出撃準備が整いますので、ご安心を」

「五分、ねえ……」

五分というのは、通常の歩兵戦で考えれば確かに一瞬だろう。しかし、こと空戦においては、五分というのはあまりにも長すぎる。

それこそ、今空を飛んでいる二騎が急降下し、この司令室を攻撃して離脱するだけなら、十秒とかかるまい。

特別重量のある装備や、準備に手間取る魔道具があるわけではないのだ。緊急時は一分以内に離陸出来るよう訓練しておくのが理想だろう。

（これまで、小国相手の地上戦しか経験してこなかったツケだな、空戦への認識が甘すぎる。全く、そんなんだから二度も後れを取るんだよ）

そう思ったスペクターだが、わざわざ口に出すようなことはしなかった。古い価値観に縛られた無能に理を説くのは、端的に言って面倒だからだ。

（それより……あいつら、本当にただの威力偵察か？）

威力偵察とは、軽く相手陣地に攻撃を仕掛け、その対応速度や戦術などを探りつつ即座に離脱、情報を持ち帰るために行われる任務のことだ。

ところが、今上空にいる敵は遥か高空に漂うばかりで、無防備な基地に仕掛けることも、徐々に整いつつある迎撃準備を妨害することもなく、ただ距離を取ってこちらの様子を窺っている。

まるで〝何か〟のタイミングを待っているかのように。

「スペクター殿下、何も問題はありません。我が精鋭達の練度、存分に――」

ご覧いれましょう。などと、ボグルが語ろうとした瞬間。飛翔音と共に何かが落下し、眩い光の柱が基地の付近に二つ立ち昇った。

「な、なんだぁ⁉」

これまで経験したことのない謎の現象に、ボグルの理解は追い付かない。

あの光は一体何なのか、どこの誰の仕業なのか――混乱する彼を余所に、二つの光は時間を置いて何度も立ち昇り、それが徐々に近付いてくる。

パニックを起こしたボグルはそれが何なのか分からない様子だったが、スペクターはすぐにその正体を看破した。

あれは、砲撃だ。標的に狙いを定めるための、謂わば試射段階で使う特殊な曳光弾。

つまり――もう間もなく、本格的な集中砲撃が来る。

「ボグル司令官。……一応、床に伏せておくことをオススメするぞ」

「なにをっ――」

ボグルの言葉が形になるよりも早く、大地を揺るがす大爆発（ばくはつ）が巻き起こる。

基地の施設を一つ丸ごと吹き飛ばすその砲撃によって、帝国軍前哨基地に、阿鼻叫喚（あびきょうかん）の地獄絵図が誕生した。


「だんちゃーく。えーっと……効力射（こうりょくしゃ）認む、全力でごーごー」

『ウィンディ、観測の報告は訓練した通りに頼むな？』

帝国軍前哨基地上空にて、何とも気の抜けた報告を飛ばすウィンディへ、通信越しにフェリドの呆れ声が返ってくる。

彼女の眼下では、遠く離れた山合いから放たれる魔力砲撃が、敵の施設を次々と破壊していた。

直接目視することすら不可能な距離から降（ふ）り注（そそ）ぐ破壊の雨によって、敵は完全に浮き足立ち、まともな対処すら出来ないでいる。

「報告だ。騎士の竜舎、歩兵の兵舎、それと司令部らしき建物に損害。敵の対応は完全に後手に回ってる、今ならこっちの主力で航空制圧に入っても、組織立った抵抗は出来ないだろう」

『了解、大隊長に繋（つな）いでおく。主力が到着したら砲撃は止めるから、その時も報告頼むぞ』

「ああ、分かっている」

そんなウィンディの隣では、共に観測員として先行していたドランから、戦果報告の通信がフェリドに対して行われていた。

通信が切れ、ドランもまた今一度地上へと目を向ける。

「……ふん、大したもんだな、これがフェリドの考えた新しい戦術か。実際に目の当たりにすると、想像以上だ」

魔法兵器による、超長距離砲撃。実のところ、それ自体は画期的というほど珍しくもない、近年ではよく見られる戦術だ。

では、今回は従来のものと何が違うのかと言えば、それはひとえに機動力。本来、あまりにも鈍重で移動に難儀し、いざ使おうとしても多数の魔法兵と工兵の協力が必要な大型兵器を、地竜による運搬とその膨大な魔力を用いることで素早く展開、歩兵すら置き去りにする速さで利用したという点にある。

――いくら国境警備に都合よく穴があったとしても、ここまで深く砲兵が進駐し呑気に陣地構築するほどの長い時間、それに気付けないなどということはあり得ない。

そんな無意識の思い込みに風穴を開け、敵基地を第一手から蹂躙してみせた。本人は謙遜するだろうが、十分称賛に値する。

少なくとも、ドランは本心からそう思っていた。

「フェリドだもん、当然」

「なぜお前が威張る」

これ以上ないほど得意気に胸を張るウィンディを、ドランは半目で見つめる。

まるで、自慢のおもちゃか何かを褒められて喜ぶ子供みたいだな、などと失礼なことを思いながら、代わりに別のことを呟く。

「しかし、どうしてヤツはこれまでこの戦術を提案しなかったんだ？　竜魔銃（ドラゴガン）とやらは、竜撃魔法（ドラゴマギア）を契約なしで再現するための装備だろう。それなら、既に本契約済みのフェリドは、以前からこの戦術を使えたはずだ」

反撃を受けることなく、神出鬼没に戦場に現れ、どこからともなく地上部隊を蹂躙する空飛ぶ砲兵。その脅威が如何なるものか、今目の前で見せ付けられたドランには痛いほどよく分かる。

だからこそ、今の今までそのアイデアを温存し続けていたフェリドの真意が、ドランには分からなかった。

「それなら、前にフェリドが言ってたよ。強いだけじゃ、騎士にはなれないって」

「……どういう意味だ？」

「自分一人しか出来ない戦術なんて、曲芸と変わらない。そんなもの、戦場ではほとんど役に立たないんだ、って」

誰にも真似出来ない特別な力を持った、戦場の英雄。軍人を志す者ならば誰もが憧(あこが)れ、一度はなりたいと願う存在だ。

しかし——誰も真似出来ない力しか持たなかったフェリドは、長らく誰からも評価されずに燻(くすぶ)っていた。

〝特別〟であることは、決して〝優れている〟ことと同じではないのだ。

「竜魔砲(ドラゴバスター)が出来たお陰で、本契約してないライルでもフェリドと同じことが出来るようになった。だからやっと、〝新しい戦術〟だって実戦で証明出来るようになったんだって……そう言ってた」

「……難儀なもんだな。誰かに真似されて、追い付かれて……それを喜ばなきゃならないなんてな」

ドランはずっと、自身がエリートであることに誇りを抱いて生きてきた。自分は周りとは違う、特別な存在なんだと——〝特別〟で在りたいと、そう願っていた。

しかし、フェリドはまさに、その逆だ。

彼は、誰にも負けない〝特別〟でありながら、〝普通〟の存在になりたいと願っていたのだ。

仲間と共に力を合わせ、騎士に向かって一歩ずつ進んでいける〝普通〟の地竜乗りに。

だから余計に気に入らなかったのだと、ドランは今更ながらに過去の自分が抱いていた本音に気付いてしまった。

「だからか。今回の作戦、俺達混成部隊(カオスガルド)は最初の砲撃以降、周辺警戒に徹しろなんて指示が出ているのは」

眼下では、フェリドからの連絡を受けた大隊長のラースが、炎竜と天竜の大部隊を率いて敵基地に襲撃をかけているところだった。

砲撃によって生じた混乱もあってか、抵抗はまばら。上がってくる敵騎士も少なく、まさに入れ食い状態だ。

しかし……その襲撃に参加することを、ウィンディとドランは許されていない。唯一、レミリーが新装備の試射という名目で僅かな援護を許可されているのみだ。

その理由はなんであるかと問えば、それこそフェリドと同じなのだろう。学生ばかり、多竜種混合、それぞれの特技や戦術が異なる変わり者ばかりの〝特別〟な部隊では、〝普通〟の部隊と足並みを揃(そろ)え、連携を取って戦うことは難しい。それこそ、下手をすれば同士討ちすら誘発する危険がある。

遊撃部隊と言えば聞こえはいいが――つまりは、一緒にいられても邪魔だと脇(わき)に追いやられたようなものだ。

「それでも……フェリドは喜んでたよ。どんな役割でも、本職の騎士と一緒に作戦に参加出来ること」

「…………」

「それに、まだ終わってない」

「なに？」

ウィンディの真剣な言葉に、ドランは面食らった。

確かに、帝国軍は未だ抵抗を続けている。それでも、もはや趨勢は明らかで、混成部隊が動く必要などどこにも無さそうに思える。

そんなドランの予想を、ウィンディは首を振って否定した。

「フェリドは、何かあった時のためにって私達をここに待機させてるの。なら、何かあるってことだよ」

「……いや、それはあくまで念のためであって、別に絶対起こるってわけじゃないと思うが？」

「最初はそうだったかもしれないけど……でも、今は何か、嫌な予感がするの」

曖昧な表現に、ドランはただ困惑する。

それでも、ウィンディはどこか確信めいた口調で言い切った。

「帝国軍は、まだ諦めてない」


「ボグル司令ー、生きてるかぁー？」

度重なる砲撃と飛竜騎士大隊の襲撃により、半ば崩壊した司令室。その残骸の中で、スペクターは呑気に問い掛けていた。

「……死んだか。まあ、大して惜しくもない男だったけど、一応祈っとくか」

「勝手に殺さないで頂きたい‼」

砕け散った机の破片を押し退けて、ボグルが立ち上がる。それを見て、スペクターは露骨な舌打ちを漏らした。

死んでいてくれた方が、皇族権限で指揮権ぶんどれたから楽だったのに、と。

「それより、い、今、何が起きて……‼　何がどういう状況なのですか、これは⁉」

「今は例の王国騎士が空で確認されて、ちょうど五分くらいだったかな。超長距離砲撃で基地をボロボロにされた後、敵の飛竜騎士大隊が雪崩込んで来たせいで空は完全に支配された。もう、魔法兵が対竜魔法を準備する暇も、帝国騎士がまともに連携を取って迎撃に出る余裕もない」

「んなぁ……⁉　そ、そんな馬鹿なっ‼　た、たったの五分で⁉」

あり得ない、あり得ないと、ボグルは頭を掻き毟りながらブツブツと呟く。

あまりにも情けないその姿に、いい加減フラストレーションが溜まってきたスペクターは、ボグルの胸ぐらを強引に摑み上げ、ゼロ距離で睨み付けた。

「おい、こっちはお前の現実逃避に付き合っていられるほど暇じゃないんだよ。グダグダ言ってないで俺の指示通りに動け」

「しっ、指示通りと申されましても……一体何をすれば……⁉」

「簡単だよ。この基地には、〝例の新兵器〟が運び込まれてるんだろ？　そいつを起動させる」

は？　と、ボグルは口を半開きにしたまま硬直してしまう。

やがて、スペクターのやろうとしていることを察した彼は、みるみる表情を青ざめさせていく。

「い、いけませんスペクター殿下‼　あれを使えば、敵部隊だけではない、この基地の機能すらも失われてしまいます‼‼」

「だからどうした？　これだけメチャクチャにやられたんだ、どうせこの基地は終わりだ。なら、いっそ敵諸共派手にぶっ潰した方が当然帝国のためになるよな？　違うか？」

「そ、それはその……」

スペクターの言い分は分かるが、それでも実行に移す決心はつかない。

なぜならボグルにとって、この基地は自身の身分を示す城であり、象徴だ。ここを失ったとなれば、どれだけ敵を道連れにしたとて意味はない。

そうした彼の心の機微は、大して興味もないスペクターにすらよく分かった。だからこそ、面倒臭いと剣を抜く。

「おい、これ以上逆らうなら、お前をこの場で処刑してもいいんだぞ？　王国軍をここまで招き入れた反逆者としてな」

「そっ、そのような真似はしておりません‼‼」

「だとしても、この惨状を聞いた軍の上層部はどう思うだろうな？　さっき自分で言ってただろ？　〝こんなことはあり得ない〟ってよ」

引きこもりで有名な王国軍が、突如これまでの方針を覆して侵攻。その前兆すら気付くことも出来ず、僅か五分で基地が一つほぼ壊滅状態。

まともな軍人であればあるほど、こんな状況はあり得ないと――何者かの手引きがあったのではないかと考えるのは、ごく自然な流れに思えた。何なら、その方が民衆への言い訳にも・・・・・・・・・・・・・・・なってちょうどいい。

どちらにせよ、前哨基地陥落の責任を誰かに負わせなければならないのだから、尚更に。

「そ、そんな……では、私はどうしたら……」

「だから、俺の言う通りにしろって言ってるだろ？　早くしろ。俺は気が短いんだ」

「は、はいぃ!!!!」

手を離され、地面に転がったボグルは、大慌てで司令室から飛び出していく。

実のところ、スペクターが彼に語った理由は全て建前だ。本音は別のところにある。

(今空を制圧してる騎士共は、ただの雑魚だ。この状況を描き出し、戦況を操った元凶は他にいる。さあ……お前の絵をグチャグチャに破壊したら、次は何を見せてくれるんだ？)

勘と本能に従うまま、ただ真の強者を――幾千万と巷に溢れる凡愚共とは一線を画する〝何者か〟を、この戦場に引き摺り出し、全力で戦う。

ただそれだけのために、スペクターはこの前哨基地を生贄にしようとしていた。

「こちらです、スペクター殿下……」

ボグルに案内された先、奇跡的に大した被害もなく残っていた倉庫の地下には、一つの魔法兵器が納められていた。

それは、圧倒的なまでに王国有利に傾いたこの戦況を一瞬にして変える力を秘めた、帝国軍の新たな切り札だ。

「し、しかしですね。こちらの兵器にはまだまだ欠陥が多く……味方を巻き添えにしてしまうこともさることながら、起動に必要な魔力が膨大過ぎまして……十分間の稼働に、魔法兵百名分以上の……」

「おいおい、お前は俺を誰だと思っているんだ？」

懸念を伝えようとするボグルを、スペクターは笑い飛ばす。

兵器に手を添え、彼が力を込めると――一瞬にして魔力が充填され、稼働準備完了を示すランプが灯る。

「俺は帝国の〝勇者〟、スペクター・フォン・バゼルニア様だぞ？　身なりにはどうこう言う癖に、肝心の実力を疑うなんて酷いじゃあないか」

人間には……否、たとえ竜であっても単独では難しいであろう量の魔力を放出し、呼吸一つ乱さない。

そんな規格外の男に空いた口が塞がらなくなってしまったボグルは、ただ呆然とその場に立ち尽くす。

「おい、じいや、いるか？」

「はっ、ここに」

スペクターが呼び掛けると、どこからともなく老執事が現れる。

そんな彼に、スペクターは指示を出した。

「この前捕まえたあいつで、俺も出る。そしたら、すぐにこれを起動してくれ」

「承知しました」

「頼んだぞ」

そう言い残し、スペクターは倉庫を後にする。

それを見送りながら、ボグルは思った。

あれは――人間ではない、と。


帝国基地上空、すっかり王国の空と成り果てたその場所で、レミリーはホッと息を吐いていた。

（良かった……無事に終わりそうですね……）

ウィンディとフェリドの期待に応えると誓い決意を固めこそしたが、それで実戦への恐怖がなくなるなら苦労はない。

　戦果らしい戦果はなく、文字通り〝試射〟しただけのような状態ではあるが……何事もなく済むなら、それに越したことはないだろう。

『殿下、お疲れ様です』

「ひゃ⁉　フェリドさん⁉」

　肩の力を抜いたタイミングで通信が入り、危うくレンリルの背から転げ落ちそうになる。

　そんなレミリーの混乱が通信越しにも伝わってしまったのか、フェリドから申し訳なさそうな声が返ってきた。

『す、すみません、まさかそんなに驚かれるとは……』

「い、いえ、こちらこそ……それより、どうされましたか？」

『戦況の確認です。一応、既にウィンディから報告は受けていますが、殿下から見てどうですか？』

　気を取り直してレミリーが問い掛けると、フェリドも真面目なトーンで言葉を返す。

　とはいえ、緊迫しているというわけではなく、あくまで作戦行動中であるという意識の下、真剣に話している様子だ。

「作戦通りで、特に問題はないかと思います。少し、張り切り過ぎている気はしますが……」

『張り切り過ぎ？』

「ああ、いえ、大したことではないんです!!　地上からの反撃がほぼないので、皆さんかなり高度を落として攻撃しているな、と……」

『………』

「フェリドさんの考案した戦術が、よほど効いたのでしょうね。さすが……あの、フェリドさん？」

　フェリドが黙り込んでしまい、何かマズイことを言ってしまっただろうかと不安になる。

　そんなレミリーへと、少し重みを増した声色でフェリドは答えた。

『いえ、何でもありません。殿下はそのまま、高度を維持して部隊を援護してください。俺もそちらに合流しますので』

「えっ、でもあの……この高度だと、あまり戦果は期待出来ませんよ……？」

『このまま順調に進むなら、援護はさほど必要ないでしょう。それより、俺達だけでも不測の事態に備えておいた方が、部隊全体のためになります。目先の戦果より、仲間の安全の方が大事ですから』

　新設部隊である以上、その有用性を示すためにも戦果は少しでも欲しいはず。それなのに、仲間の身を案じることを優先してくれる。

　優しいな……と、そんな感想を抱き――地上から、僅かに意識が逸れる。

『レミリー!!　高度上げて!!　何か来る!!』

その瞬間、隊内通信に今まで聞いたこともないほど切羽詰まった、ウィンディの警告が飛ぶ。

あまりにも急過ぎて反応出来ず、思考が硬直してしまったレミリーに代わり、相棒のレンリルが一気に高度を上げ始めた。


「きゃあ⁉」


突然の急上昇に体がついて行かず、慌ててレンリルの体にしがみつく。

一体何が、と、どうにか落ち着いた体勢で改めて地上を確認したレミリーは……凍り付いた。


「……え？」


自分の目で見たその光景を、レミリーは理解出来ない。

ほんの数秒前まで、王国騎士達が意気軒昂と暴れ回っていた空が淡く光る魔法の膜で覆(おお)われ、その中に囚(とら)われた者は一騎の例外もなく悲鳴と共に地に墜(お)ちていく。

否、王国騎士だけではない。辛うじて空に上がることが出来ていた、ごく僅かな帝国騎士。

彼らすらも、同じように墜落していたのだ。

元より部隊から距離を取っていたウィンディやドラン、そしてレミリー以外、空の上にはもはや誰も残されていない。

その原因となった膜の正体を、レミリーはすぐに察してしまう。


「あ、《魔法封印領域(アンチマジックフィールド)》……⁉　どうして、こんな魔法を……帝国軍が、こんな場所で……⁉」

魔法封印領域(アンチマジックフィールド)――一定範囲内を特殊な結界で覆い、内部における魔力の働きを攪乱(かくらん)することで、あらゆる魔法の発動を妨害する、大規模な戦略級儀式魔法だ。

儀式魔法とは、《対竜魔法(ジャベリン)》を始めとした、複数の魔法兵が協力することで初めて発動可能となる、大規模で強力な魔法の総称である。

その中でも、《魔法封印領域(アンチマジックフィールド)》はその発動に莫大な魔力が必要である一方、ひと度内部に囚われれば竜でさえも飛行出来なくなり、飛竜騎士はただの歩兵に成り下がるという、王国軍にとって悪夢のような効力を持つ魔法なのだが――これには一つ、致命的な欠陥があった。

内部の魔法は、一つの例外もなく全て妨害してしまうという都合上、魔道具や魔法兵器を主体とした軍を構成している帝国軍にとっても、それは等しく致命傷となり得るということ。

そして――竜であれば、影響範囲外に出ればまた飛ぶことも出来るが、魔道具はこの魔法の影響下に入るとそのほとんどが故障し、修理しなければ使えなくなってしまうという点だ。

つまり帝国軍は、今この場にいる王国騎士を一時的に無力化するためだけに、この前哨基地に集積された全ての兵器、及び基地としての能力を破壊し尽くしたのだ。

王国騎士一個大隊を潰すためなら、基地一つ丸ごと潰すことさえ厭わない。そのあまりの非情さに、レミリーはゾッとした。

『殿下‼‼』

「は、はい⁉」

『結界の影響範囲外から、竜魔狙撃銃(ドラゴライフル)で発動媒体を破壊して魔法そのものを止めてください、俺ももうすぐ到着します!!　ウィンディ、ドラン、殿下の援護を!!』

「もうしてる」

フェリドの指示を待つことなく、ウィンディは動き出していた。

ピスティに急降下を指示すると共に、増魔槽を投下。身軽になった体で一気に加速し、レミリーの傍を通過していく。

その先に目を向けると、三騎の帝国騎士が結界の範囲外から上昇して来るのが見えた。

予想外の事態であっても、常に周りを注視し自らのすべきことを考える。そんなウィンディの強さに触発され、レミリーも銃を構え直した。

今こそ、〝太陽〟として輝くべき時――そう考えたレミリーはしかし、地上に向けた照準のその先で、奇妙な影が飛び上がるのを見た。

「あれは……?」

それは、漆黒の竜だった。

金竜に並ぶほどの巨軀を鋼の鱗(うろこ)で覆い、血のように真っ赤(まっか)な眼にはただ純粋な破壊衝動のみが渦巻いている。

決して人に靡(なび)くことなき、災厄の化身――黒竜。それが、一人の少年を乗せて凄(すさ)まじい速度でレミリーへと迫ってきたのだ。

「ん?　なんだ、やたら目立つ竜がいるから、強い奴(やつ)かと思ったのに……外れかよ。つまらん」

少年が抜き放った剣が魔力を帯び、レミリーを襲う。

そこへ、ギリギリのところでドランが飛び込んで来た。

「ドランさん⁉」

「ぐおぉぉぉぉ⁉」

黒竜に跨がる少年が放った剣は、ただ無造作に振るっただけに見えて凄まじい重さでドランへと叩き付けられる。

剣を合わせて防ぎはしたが、その剣ごと両断され兼ねない威力に、ドランはそのまま弾き飛ばされてしまった。

「ぐあぁ⁉」

「ガアァァ‼」

吹き飛ばされたドランを助けるべく、彼の相棒であるエルダがその後を追う。

その隙を、黒竜は見逃さなかった。

「ゴオォ……オォォォォ‼‼」

口内へと魔力が集束し、特殊な咆哮が世界の法則をねじ曲げる。

漆黒に染まった魔力の塊が、背を向けるエルダ目掛けて放たれた。

「っ……⁉」

見た目だけでは、如何なる効果を持つブレスなのか判断がつかない。それでも、レミリーは本能的な恐怖心に突き動かされるまま、反射的に狙撃銃の引き金を引いた。

レンリルから吸い上げられた魔力が、銃身に刻まれた魔法陣を介して魔法となり、強力無比な魔力弾へと形を変えて放たれる。

竜の力を、人の叡知で磨き上げた飛竜騎士の切り札、竜撃魔法(ドラゴマギア)。それを擬似的に再現した弾丸は、本契約を結んだ騎士の放つものには一歩及ばないものの、竜が単独で放つブレス攻撃より数段強力な一撃だ。

黒竜の放ったブレスと、レミリーの放った魔法の弾丸が空中で激突し、そして――

黒竜のブレスは、その照準が僅かに逸れただけで、変わらずドラン達を襲った。

漆黒の魔法がエルダの翼に触れた瞬間、それをもぎ取るように吹き飛ばしてしまったのだ。

「ガアァァァ⁉」

「エルダ⁉」

翼を失い、飛行能力が維持出来なくなったエルダはドランと共に墜ちていく。どうにか死なずに済んだようだが、あれではもはや戦線復帰は不可能だろう。

だが、それ以上に衝撃的だったのは……竜撃魔法(ドラゴマギア)ですらないただのブレスが、竜撃魔法(ドラゴマギア)に撃ち勝ったこと。

そして……そもそも直撃すらしていない、ただ掠(かす)っただけの一撃が、エルダの――炎竜の翼を吹き飛ばしたということだ。

圧倒的などという言葉では生温い、規格外の力を持つ竜。そして何より、そんな竜を当然のように従える少年の放つ膨大な魔力。

それは、レミリーの心をへし折るには、あまりにも十分過ぎるものだった。

「……ああ、思い出した、王国の象徴、王族専用の金色の炎竜だっけ？　てことはお前、トライバルトの王族か」

「あ……あぁ……」

怖い。怖い。怖い。怖い。怖い。

頭の中が恐怖一色で染まり、それ以外何も考えられなくなる。

今手に持っているはずの武器の存在すら忘れ、全身の震えが止まらない。

「じゃあ……お前の首を獲って晒してみたら、すぐにでも王国との全面戦争とかなっちゃったりするんじゃね？」

同じ人間とは思えない、愉しげに嗤う狂気の瞳がレミリーを貫き、高々と剣が掲げられる。

死ぬ。殺される。誰か、助けて。

必死に祈るレミリーへと、魔法によって肥大化した剣が振り下ろされ――そこへ、どこからともなく飛来した閃光が駆け抜けた。

「うおっと？」

竜魔銃（ドラゴガン）の擬似的なそれとは一線を画する、本物の竜撃魔法（ドラゴマギア）。極太の砲撃が空を裂き、被弾を避けるため黒竜は飛び退く。

「今のは……フェリドさん……⁉」

振り返ったその先に、姿を視認することは出来ない。しかし、間違いなくこの空のどこかから自分を見ている。その安心感が、レミリーの心に巣くう恐怖を取り除いていく。

そこへ、いつの間にか敵騎士を墜（お）としたウィンディも戻って来た。

「やっ……‼」

「おっとっと」

フェリドの放った竜撃魔法（ドラゴマギア）によって体勢が崩れた少年へと、死角から斬りかかる。

鋭い斬撃はギリギリのところで回避されてしまい、頬（ほお）を浅く斬り裂くのみで終わってしまったが……その結果に頓着せず、ウィンディはレミリーの下へ向かう。

「ごめんフェリド、レミリーも……ちゃんと守れなかった」

『いや、十分だよ。そもそも、守るのは本来俺の役目だ。こっちはもう大丈夫だから……ウィンディは、後ろを気にせず全力で飛べ』

「……ん‼‼」

レミリーと黒竜の間に立（た）ち塞（ふさ）がったウィンディが、剣を構える。

そんな少女の姿と、己（おのれ）の頬から垂れ落ちる紅い雫を見て、少年はニヤリと笑みを溢した。

「あはははは‼　そうか、その緑色の髪……お前がウィンディ・テンペスターだな？　それで、今飛んできた魔法の主が地竜乗りのフェリド、そうだろう？」

「……だったら、何？」

「いやなに、つい嬉しくなっただけさ。戦いたかった王国騎士二人とこんなところで会えるなんてな……ははっ、来て良かったよ」

剣を掲げ、少年は魔力を滾らせる。

胸の内から沸き上がる歓喜のまま、吠えるように名乗りを上げた。

「俺の名は、スペクター・フォン・バゼルニア。一応、帝国の〝勇者〟ってことになってる。さあ、お前らの部隊は全滅寸前、生き残りたければ俺を墜とすしかない……精々楽しませてくれよ、英雄共‼‼」

堂々と名乗りを上げるスペクターだったが、彼の悠長な語りを大人しく聞いている義理などない。

故に、ウィンディは余裕綽々な彼の態度に風穴を開けんと、高速で突っ込んでいった。

「やっ……‼」

剣に魔力を流し込み、巨大な刀身へと変えて全力で振り抜く。

風帝剣二の型、絶風大刃――疾風そのものの速度で襲い掛かる翠緑の刃を、スペクターは軽く剣で弾き返した。

「そう焦るなよ、楽しもうぜ？」

「っ……⁉」

迫ったスピードのまま横を通り過ぎて距離を置きながら、ウィンディは絶句した。

防がれるだけなら分かる。魔法の力で弾き返されるのも、あり得なくはない。

だが、今のスペクターは何の魔法も使わず、天竜の飛翔速度を乗せて振り抜かれた剣を生身の力のみで弾き返したのだ。とてもではないが、人間が発揮していい力ではない。

「やれ」

「オォォォ‼」

スペクターが指示を出すと、黒竜はウィンディ目掛けてブレスを放つ。

正体不明の、漆黒の魔法。ドランが一撃で墜ちていくのを見ていたウィンディは余裕を持って回避するが、それでもすぐ近くを通過するだけで空間が歪み、飛行が僅かにフラつくのを感じた。

竜も、乗り手も、文字通り規格外。周囲を見渡し、レミリーが距離を取っているのを確認したウィンディは、改めてフェリドと通信を繋いだ。

「フェリド、見えてる？　あれ、本当に飛竜騎士？」

『ああ、見えてる。多分、あれは黒竜……それに、乗ってるのが勇者ってのも聞こえた。正直、マズイな……』

「フェリドでも、そう思うの？」

『当たり前だろ。正直、正面から戦っても勝ち目はほとんどない』

勇者と言えば、かつて伝説として名を残したフローリア学長が、最終契約者としての力を全て発揮して三日三晩戦い抜き——ついぞ決着が付かなかったという化け物と同じ称号だ。

黒竜もまた、かつてたった一体で国すら滅ぼしたという伝説の残る、正真正銘の化け物。もし仮に王国内に野生の黒竜が出現したならば、すぐさま討伐のために今回と同規模の討伐部隊が組織されるだろう。

それほどの相手が騎士としてコンビを組んだ挙げ句、《魔法封印領域（アンチマジックフィールド）》のせいで部隊は壊滅状態。いくらこの魔法が帝国軍にとっても不利に働くとはいえ、十分過ぎるほどに絶望的な状況と言える。

「ほとんどってことは、ゼロじゃないんだよね？　どうすればいい？」

『……今の流れで、その返答が出来るのは流石（さすが）だよ』

「ん、ありがと」

褒めてないんだが、というフェリドの返答は、ウィンディの耳には入らなかった。

スペクターがウィンディのすぐ真後ろまで迫り、魔力で肥大化させた漆黒の刀身を振り下ろして来たのだ。

「ピスティ」

「キュオォ!!」

短いやり取りで意図を察したピスティが、翼を大きく広げながら急減速の姿勢を取る。

同時に、ウィンディは正面と背後にほんの僅かな時間差を付けて魔法陣を展開、連続で爆風を起こす。

正面で発生した爆風が、高速飛行中だったピスティの推力をほぼゼロにまで低下させ、スペクターの振るう刃を回避。直後、背後の爆風を翼で摑み、元の速度まで急加速する。

竜人機動(ドラゴマニューバ)――《反転加速(コブラブースト)》。

小回りの利(き)くピスティと、あまりにも急激な速度の変化によって生じる負荷が小さく済む、ウィンディの小柄な体型。そして、最低限の意思疎通だけで完璧(かんぺき)にタイミングを合わせられる、両者の信頼関係があって初めて成立する空戦機動だった。

「チャンス……!!　これなら、どう?」

完全に位置関係が逆転し、スペクターの背後を取ったウィンディは、躊躇(ちゅうちょ)なく自らが持つ最大最強の手札を切る。

竜撃魔法(ドラゴマギア)――《竜の咆哮(ドラゴロア)》。

フェリドに初めて習った、飛竜騎士の切り札。竜の魔力を騎士の魔法技術で以て撃ち放つ強力無比な砲撃が、無防備な黒竜の背に直撃した。

「よし。……それで、フェリド、何だっけ？」

『……まず、俺達の勝利条件は、この基地の破壊か制圧だった。その意味では、帝国軍が《魔法封印領域(アンチマジックフィールド)》を発動した時点でほぼ達成してる。後は、俺達が無事に戦場を離脱するだけでいい』

竜撃魔法(ドラゴマギア)によって生じた爆煙の中で、再びフェリドとの会話を再開する。

油断はせず、空をじっと睨みながら、それでも十分な打撃は与えただろうと心のどこかで思っていた。

『そのためには、《魔法封印領域(アンチマジックフィールド)》の破壊と、黒竜及び勇者の無力化、ないし追撃出来ない程度に消耗させる必要があるんだが……勇者に関しては、人間を相手にしてるとは思わない方がいい。そいつ単独で、間違いなく竜より強いし、仕留めるのはまず無理だろう。だから、まず狙うならその移動手段……黒竜だ』

しかし、煙が晴れたその先には、先ほどまでとまるで変わらない姿で空を飛ぶ、黒竜の勇姿があった。

痛手を被るどころか、掠り傷一つ負った様子も見られない。

『ただ……《魔法封印領域(アンチマジックフィールド)》は、黒竜が常に全身に纏ってる特殊な対魔法結界を参考に作られたって言われてる。要するに、黒竜に魔法はほぼ通じないし、そいつの攻撃は魔力によって体を構成してる竜にとって猛毒に等しい。十分に気を付けて、物理攻撃主体で攻めろ』

「……出来れば、それを最初に教えて欲しかったかも」

『俺も、まさか本当に黒竜だとは思わなかったんだよ……許してくれ』

絶大な消耗を甘受して放った攻撃が通じず、げんなりとするウィンディ。

それでも戦意だけは衰えさせることなく、剣を構えてスペクターと黒竜のコンビと対峙(たいじ)するのだった。


ウィンディとスペクターの戦闘から逃げるように距離を取ったレミリーは、フェリドの指示通り《魔法封印領域(アンチマジックフィールド)》を止めるべく、地上施設を攻撃していた。

しかし、なかなか目標となるものを発見出来ずにいる。

「一体、どこにあるんですか……⁉」

こういった結界は、東西南北四方の端か、中心部に設置するのが定石だ。ところが、そうした位置にあるのは元々フェリドとライルの砲撃によって半壊していた建物群ばかりで、無事な施設はさほど多くもない。

フェリドの話では、こうした大規模な魔法の場合、それを維持するための大掛かりな媒体——帝国の場合は魔道具——があるはずだというが、果たしてそんなものが本当にあるのか、もはや疑わしい。

それだけではない。

「うおぉぉぉ!!　覚悟ぉぉぉ!!」

初動の遅れから、空に上がることも出来ずに地上で息を潜めていた帝国騎士。その一部が、結界の範囲外まで這い出ては少しずつ空の上に上がってきているのだ。

「ひぅ……!?」

数は少ない。首輪による竜の強制支配によって空を飛ぶ帝国騎士がほとんどであったため、一度結界に囚われてなお戦闘を継続出来る者は多くなかったのだろう。それに加えて、壊れた竜魔銃(ドラゴガン)の代わりに、剣を手に襲い掛かってくるその動きは、決して熟達しているとは言い難(がた)い。

それでも、初めての実戦で立て続けに想定外の事態に遭遇し、精神的に疲弊したレミリーにとっては、恐ろしい脅威のように映ってしまう。

抵抗も出来ず、ただ震えることしか出来ないレミリーだったが、そんな彼女の指示も待たず、レンリルが動く。

その口からブレスを吐き、迫る帝国騎士を吹き飛ばしたのだ。

「レンリル……!?」

「ガァ、ガアァ!!」

驚くレミリーに、レンリルは何度も咆える。

まるで「しっかりしろ」と叱るかのように何度も響くその声に、レミリーは耳を塞いでしまった。

「ごめんなさい……!!　でも、私……どうすればいいか……!!」

頭が回らない。思考が働かない。

昔から、そうだった。

平時であれば頭も良く、周囲に気を配れる優しい王女として振る舞えたが、咄嗟(とっさ)の場面で何も出来ない。どうしても、恐怖と焦燥が先立ってしまうのだ。

そんなレミリーを守るためか、レンリルもまた必死に帝国騎士に立ち向かう。

援護しなければ、と頭では考えるのだが、両手で構えなければ使えない竜魔狙撃銃(ドラゴライフル)は、空戦の最中では役立たずだ。どうしようもない。

(私、やっぱり……)

「おらぁぁぁぁ!!　俺の竜に手ぇ出すんじゃねぇぇぇぇ!!」

諦めかけたレミリーの耳に、天まで響く大声が地上から届いた。

見れば、地上に墜ちた王国騎士達が一塊となり、動けない竜を守りながら抵抗しているようだった。

中でも、翼を失い重傷を負ったエルダを守るため、ドランが奮戦している。

とはいえ、やはり多勢に無勢。いくら装備が貧弱になったとはいえ、十倍以上の人員を有する帝国軍地上部隊を相手に、ドラン達は今にも押しきられそうになっていた。

「っ……!!」

深く考えたわけではなかった。強いて言えば、今まさに自分を害そうと迫ってくる騎士よりも、地上を走る敵の方が恐ろしくないと感じたが故の、あまりにも情けない動機からだ。

それでも、レミリーはレンリルの動きが収まったタイミングに合わせて銃を取り、構え——引き金を引いた。

放たれた魔力弾は、狙いを外すことなく敵の歩兵を吹き飛ばし、ドラン達を守ることに成功する。

「っ、レミリー殿下か‼　助かった‼」

ドランから短い感謝の言葉が届き、レミリーの胸を打つ。同時に、手に持った銃を視界に入れたことで、フェリドの言葉を思い出した。

——出来ないことを、いきなり出来るようになる必要なんてないんですよ。目の前にある、出来ることを一つずつ積み上げていけば、ゆっくりとでも目標に近付けるはずです。だから……あまり一人で、思い詰めないでください。俺も、ウィンディだって、いつでも殿下の力になります。仲間なんですから。

「……そうでしたね。私は、お姉様とは違う」

フェリドは、暗に認めていた。レミリーには、シリアほどの空戦の才能はないと。同じことをやろうとしても、上手くいくことはないのだと。

それでも、こう言っていたではないか。レミリーにも、素質はあると……レンリルが認めた、世界でたった一人の金竜乗りなのだと。

だから――

「竜を信じて……今出来ることを、一つずつ‼」

レミリーは、空を気にすることを止めた。

まばらにやって来る帝国騎士への対処はレンリルに任せ、自分は地上に集中する。

地上にいる仲間達を守りながら、目標となる施設を探し……見付からなければ、地上から仲間に探して貰えばいい。

それを援護するための力を、フェリドから託されたのだから。

「行きます……‼」

魔法によって、自身の体をレンリルの背に縛り付ける。

あまりしっかり固定し過ぎると、墜落した際に受け身が取れず死亡するリスクが上がってしまうのだが、その可能性は頭の中から排除した。

今はただ、地上にのみ集中して弾を撃ち込む。それだけだ。

「っ……‼」

帝国騎士の攻撃を躱すため、激しく動き回るレンリルの飛行で照準がブレてしまうが、数秒に一度は必ず狙撃のための滞空時間を捻出してくれた。

そのタイミングで引き金を引き、地上を攻撃。空の敵を相手にレンリルが奮戦している間に次の目標を探し、照準を定め、動きが止まった瞬間にまた引き金を引く。

淡々と、機械的に、目の前の作業に集中し、一つ一つタスクをこなす。

竜単体として見れば王国騎士最強と称されるレンリルの能力と、レミリーが持つ生来の集中力。それぞれの力を阻害することなく、互いを信頼し背中を預け合うことで成立する、レミリー達ならではのコンビネーションだった。

(私でも……やれる……!!)

そうして一つずつ自分の中で実績を積み上げていくことで、レミリーの心にも少しずつ余裕が生まれ始める。

地上ばかりではなく、空にまで目を向けられるようになって来たのだ。

(敵は二騎、正面下方と右後方から一騎ずつ!!)

状況確認。正面はレンリルが対応すると信じ、右後方へ照準、狙撃。まずは一騎を無力化した。

直後、またも激しくレンリルが飛行。正面から来る敵の攻撃を回避する。

その際に生じる遠心力によって、全身が振り回される激しい負荷がかかるも、レンリルが停止する瞬間をただひたすらに待ち続け——ピタリと世界が止まった瞬間に、再度照準。二騎目を撃ち抜いた。

この間、ほんの十秒。たったそれだけの時間で、二騎の帝国騎士を撃ち落としたが……レミリーはそれを認識しながらも、自覚まではしていなかった。

それほどまでに、ただ〝目の前のこと〟に意識を集中しており、戦果にまでは頭が回っていなかったのだ。

（次……!!）

レミリーは、まだ気付いていない。自分が今、どれだけの戦果を積み上げているのかを。

戦場の空に君臨し、墜落した騎士達を守るように飛び続けるその姿は、まさに〝不落の太陽〟そのものであり――彼女も知らぬ間に、地上ではレミリーを称える声援が鳴り響いていた。


レミリーが戦闘の中で着実に成長していく中、ウィンディもまた激闘を繰り広げていた。

「ちっ、ちょこまかと!!!!」

スペクターが苛立ったように魔法を放ち、ウィンディを狙う。

その威力は優に人の域を越え、竜撃魔法（ドラゴマギア）にも匹敵（ひってき）する。

「ん……!!」

即座に魔法を発動し、ピスティの側面で爆風を起こす。

風の勢いで翼を跳ね上げ、高度を上げて魔法を回避。宙に螺旋（らせん）を描くようにくるりと反転したかと思えば、一気に急降下してスペクターの背後から強襲した。

竜人機動（ドラゴマニューバ）――螺旋回転（バレルロール）。

視界が三百六十度回転する中で、敵と自身の位置関係を見失うことなく俯瞰(ふかん)し続けられる、ウィンディの視野の広さあってこその動きだ。

「やっ」

急降下の勢いをそのままに、狙うは黒竜の翼、その付け根部分。

魔法によって強度と威力を引き上げ、渾身の力で振り抜いた剣による一撃は——ガキンッ、と。

あっさり弾かれ、大したダメージは与えられなかった。

「硬い……どうしよう、これ」

痺(しび)れた手を軽く振りながら、ウィンディは眉根(まゆね)を寄せて考え込む。

勇者の力も、黒竜の力も圧倒的だ。

放たれる魔法は一発一発がウィンディとピスティを諸共地上に叩き落とす威力を秘め、尚且つそれをいくら使っても全く消耗している様子がない。

黒竜の鱗は鋼の見た目に違わぬ頑丈さで一切(いっさい)刃が通らず、切り札の竜撃魔法(ドラゴマギア)は届く前に不可思議な結界で威力を減衰され、まるで効果を発揮しない。

それほどの力の差がありながらも、なぜウィンディはまだ抵抗を続けていられるのか。それは、単純な飛行能力と練度の差だ。

黒竜の体は、単純なシルエットで比較するならば炎竜や天竜よりも地竜に近く、四本の足を有している。

　翼と腕が一体化し、より大空における繊細な挙動を可能とする進化を遂げた炎竜達に対し、黒竜は地上における活動を主とした体付きをしているのだ。そのせいで、単純な速度勝負ならばまだしも、旋回能力や風を摑んでの急上昇などの急激な動きの変化に対応出来ない。

　それは、ある意味当然の結果だろう。黒竜は、生物としてあまりにも〝強すぎた〟。

　天敵が一切存在せず、好きな場所で好きなように暴れられる黒竜にとって、翼はあくまで移動手段であり、戦闘手段ではない。故に、〝ただ真っ直ぐに速く飛べる〟以上の飛行能力は必要なかったのだ。

　おまけに、スペクター自身もまた、騎士としての訓練を正式に受けたわけでもない。精々、ドルイドから軽く指導された程度だ。

　個々の実力として見れば、間違いなく最強。しかし、コンビとして見れば連携もなにもない杜撰な動きをしているため、付け入る隙はいくらでもあった。

　後は、あの強固な守りをどう突破するかだ。

「物理攻撃で、竜撃魔法くらい強い攻撃……あれしかないよね。ピスティ、やれる？」

「キュオォ!!」

　ウィンディの問い掛けに、ピスティは快諾の鳴き声を上げる。

　彼女が狙うのは、以前カレンと決闘した際、最後の決定打となった切り札。

上空から、落下の勢いと魔法による加速を全て乗せ、天竜を象徴する一本角で相手を貫く技――《天角突撃(テンペストストライク)》。

魔法の力こそ使っているが、実際に攻撃に用いられるのは角であるため、立派な物理攻撃だ。黒竜が相手でも、有効打となる可能性は高い。

問題は、《天角突撃(テンペストストライク)》を使う時、どうしても動きが直線的で読みやすくなってしまうため、確実に決めるには大きな隙を作らなければならないということか。

「逃げてばっかりじゃ勝てないぞ？　もっと攻めて来い‼‼」

「オォォォ‼」

黒竜のブレスが放たれ、それを回避すべくウィンディは高度を落とす。

しかし、すぐ真下には基地を覆うように展開された《魔法封印領域(アンチマジックフィールド)》があるため、生き残れる空間はごく僅かだ。

「貰ったぁ‼‼」

そこへ、スペクターから次々と魔法が放たれた。

一発一発が必殺の威力を誇る、ただ魔力を固めただけの弾丸の雨。黒竜のブレスと結界に挟まれたウィンディに、回避する余地はないように思える。

だが、ウィンディは焦らなかった。冷静に、手に持った剣を上空へと放り投げる。

「はあ……？」

意味が分からず、スペクターはその行動を訝しむ。

しかし、直後にウィンディが取った行動は、それ以上に意味が分からなかった。

飛竜騎士が必ず墜落してしまう結界の中に、自ら飛び込んでいったのだ。

「はあ⁉」

確かに、スペクターの魔法は回避出来た。だが、それではどちらにせよ終わりではないのか——そんな彼の予想を、ウィンディは軽々と飛び越えていく。

「せーの……今っ」

「キュオォォ‼」

結界の中で、竜は飛行することが出来ない。それでも、一度ついた勢いまでもがなくなるわけではない。

急速に地面が迫る中、翼による滑空のみでギリギリ結界の影響範囲から外に出たウィンディは、即座に魔法によって爆風を起こす。

それを、これ以上ないほど完璧なタイミングで掴んだピスティは、墜落寸前で体勢を立て直し、大空へと舞い戻ったのだ。

落下してきた剣を掴み、再びスペクターと対峙する。そんなウィンディを見て、スペクターはゾクゾクと背筋を快感がかけ昇った。

「いいな、お前。本当に俺の予想を超えてくる……‼　おら、もっとお前の力を見せてみろ!!」

「……なんか、カレンみたい」

ちょうどカレンとの模擬戦のことを思い出していたために、思わずそんな感想をウィンディは漏らす。

当人が聞いていたら全力で顔を顰めるであろう言葉を無意識に呟いたウィンディは、手に持った剣を一通りチェックする。

「ん、問題なさそう。良かった」

剣の柄頭に仕込まれた小さな蓄魔石を排出し、鞘に取り付けられたリローダーを使って新しい石をセットする。

ピスティは既に飛行用の蓄魔石を放棄したが、ウィンディはこの小さな小石程度の蓄魔石によって、魔力の補充を受けていた。

微々たるものと言えばその通りだが、これのお陰で空戦の最中にピスティへ供給される魔力量も増え、まだ余裕のある戦闘を行うことが出来ている。

序盤に竜撃魔法で大きく消耗を強いられたことを思えば、これは驚くべきことだった。

（これを作ってくれたフェリドには、感謝しなきゃ）

実際に作ったのは飛竜工房なのだが、そんなことはウィンディには関係ない。フェリドが考案し、フェリドがくれた剣なのだから、それはつまりフェリドが自分のために作ってくれた剣なのだ。

魔道具である以上、結界内に持ったまま突っ込めば壊れてしまうことが予想されたために一度放り投げたが、無事に戻ってきたことにホッと胸を撫で下ろす。

「それじゃあ……そろそろ、反撃いくよ」

スペクターと黒竜の連携は拙(つたな)い。付け入る隙はある。

それでも、やはり両者の能力は侮れず、特にスペクターの勝負勘は非常に強い。油断すれば、先ほどのように瞬く間に追い込まれてしまうだろう。一人では、《天角突撃(テンペストストライク)》のための隙を作ることは困難だ。

しかし、自分は一人ではない、とウィンディは笑う。

相棒のピスティだけではない。姿は見えずとも、この空の下で、フェリドが背中を守ってくれているのだ。

ならば、恐れるものなど何もない。ウィンディは、剣を魔法で肥大化させ、翠緑の大剣を手にスペクターへと挑む。

「来たか……!!」

スペクターが剣を構え、迎撃の体勢を取る。

それに対し、ウィンディは剣ではなく、素早く魔法を発動した。

「《濃霧(ブラインドフォッグ)》」

宙に描き出した魔法陣から放たれる、深い霧。それがウィンディとスペクターの間を満たし、視界を遮る。

「目眩ましか!! この程度で俺の目を誤魔化せると思うなよ!!!!」

目が見えない中であろうと関係ないとばかり、急接近したウィンディの攻撃を剣で防ぐ。

そんな小細工は無意味だと笑うスペクターに、ウィンディもまた笑みを返した。

「何が可笑しい？」

「だって、本命は私の攻撃じゃないから」

「なに……っ!?」

直後、スペクターの背後から魔力砲撃が襲い掛かる。フェリドの放った、長距離からの竜撃魔法だ。

本来であれば、黒竜の守りによって防がれるはずの攻撃だったが……今回はそれが機能せず、黒竜の体を揺さぶる。

「ぐあっ!? お前ら、黒竜の弱点にもう気付いて……!?」

黒竜の纏う結界は、あらゆる魔法を防ぎ止める。しかし、本当に全てを止められるなら、最初に放たれたフェリドの竜撃魔法を躱す必要はなかったはずだ。

つまり、黒竜の結界はあくまで限定的。黒竜の意識によってその強度がブレる、不安定な代物ではないかと予想出来る。

もちろん、だからと言って魔法一発で落とせるのであれば、黒竜の伝説など残されてはいないが……隙を作るだけなら、十分だ。

「いくよ、ピスティ」

黒竜とスペクターの意識が背後の――基地から未だ距離のあるフェリドに向けられている間に、ウィンディは急上昇。黒竜目掛けて反転し、爆風と共に加速。一気に急降下した。

「キュオォォォォォ!!」

いくら天竜の中では小柄とはいえ、竜には変わりない。その体重をたっぷりと乗せ、目にも止まらぬ速度で突撃したピスティの角が、黒竜の鱗を打ち砕いた。

「オォォォ!?」

砕けた鱗の先、黒竜の肉体にまで角が到達し、深々と突き刺さる。

勢いに押されて落下していく黒竜は、そのまま《魔法封印領域(アンチマジックフィールド)》の結界内へと墜落しようとして――

「はあ……飛竜騎士ごっこもここまでだな」

そんな声と共に、スペクターが剣を振るう。

互いの位置関係からして、彼の剣はウィンディ達には届かない。にも拘わらず、躊躇なく振り抜かれた刃は、なんと彼の跨がる黒竜……その首に取り付けられた、《竜縛の首輪(ドラゴレスト)》を破壊した。

「さあ、こっからは自由だ。好きに暴れろ!!」

黒竜の背を蹴り、スペクターが離脱する。

同時に、枷から解き放たれた黒竜の体から、膨大な魔力が溢れ出した。

「オォォォォン!!」

天を衝くかのような咆哮が、辺り一帯に轟く。びりびりと大気が震え、漆黒に煌めく魔力が夜空のように真昼の上空を染め上げていく。半壊状態だった建物が崩れ、地上からは押し潰された兵士の悲鳴が次々と上がった。

それら全てが収まった時、黒竜の瞳には、先ほどとは一線を画する、人間への深い憎悪と怒りが煮えたぎっているのをウィンディは感じ取った。

「ダメ、ピスティ、逃げて!!」

急いで叫ぶが、それは僅かに遅かった。

黒竜は四本の足を持ちながら翼が生えている体付きであるため、空中における機動に難があるが……それは裏を返せば、空中においても自由に動かせる手足が多いということを意味する。

首輪の効果から解放され、奪われていた理性を取り戻した黒竜は、自らの肉体を貫くピスティを、前足で殴り付けた。

「キュオォォ!?」

「きゃあっ!!」

ボキンッ!!!!　と鈍い音を立ててピスティの角がへし折れ、大きく吹き飛ばされてしまう。

ウィンディもまた衝撃で剣が飛んでいき、腕に激しい痛みを覚えた。

私も折れただろうか、とは思ったが、今はそれどころではない。錐揉み状態で落下していくピスティは、気を失っているのか体勢を整える様子がない。

「起きて、ピスティ……!!」

祈るような気持ちで、無事な片手を使って魔法を発動。ピスティの頭に電撃を流す。

それによって、どうにか意識を取り戻したピスティは、ギリギリのところで水平飛行に戻ることに成功した。

「くっ……ぅ……!!」

強引な機動によってかかる負荷が、腕の痛みを倍加させる。

脳の神経が焼き切れるかと思うほどの激痛に耐え、顔を上げると——そこには、ウィンディ達に向けてその顎を開く、黒竜の姿があった。

「っ……!!」

今からでは、回避は間に合わない。

魔力が集束し、ブレスが放たれる前兆を見て取りながら、それでも最後まで目を逸らすことなくウィンディは睨み続けた。

諦めたわけでも、最期の意地を張ろうとしたわけでもない。ただ、信じていただけだ。

彼女だけが知る、〝最強〟の騎士を。

「させるか‼‼　《地竜の足跡(ガイアスタンプ)》‼‼」

「グオォォォ‼‼」

黒竜よりも更に上空から、一体の竜が急降下してくる。

ピスティとは比較にならない巨体を誇るその竜が、落下の勢い全てを乗せて黒竜に激突。ブレスを中断させ、地上へと叩き落とした。

その場所は、《魔法封印領域(アンチマジックフィールド)》の範囲からは僅かに外れていたのだが、さしもの黒竜にもダメージがあったのだろう。怒りの形相(ぎょうそう)で空を睨む。

「ははっ、ついに顔を見せたな……待ちくたびれたぜ、地竜乗りのフェリド……‼」

王国の――否、世界で唯一の、地竜乗りの騎士。

混成部隊(カオスガルド)隊長、フェリド・ガーディアンが、ついに戦場の空に現れたのだ。

竜の助けもなく空に浮かびながら、歓喜の声と共に出迎えるスペクターだったが、フェリドはそれを無視してウィンディに向き直る。

「大丈夫……じゃないよな。悪いウィンディ、遅くなって」

「ううん、完璧なタイミング。それに、フェリドの援護がなかったら、黒竜に一撃入れるのも無理だったから……十分、助けられた」

「そうか……ありがとな」

続けて、フェリドは通信で他の仲間とも連絡を取る。まず真っ先に反応があったのは、結界への対処を半ば押し付けてしまったレミリーだった。

「殿下、そちらはどうですか？」

『あ、はい!!　地上に墜ちていた騎士の協力で、どうにか結界を発動させていた魔道具の停止に成功しました!!　ただ、効果が完全に消えるのに二十秒ほどかかるだろう、というのと……竜が負傷し、すぐに離脱出来ない騎士も多数います』

「了解。……ライル、そっちは？」

『おう、お前に言われた通り、王国の地上部隊と合流したぜ。あと半刻くらいでそっちに到着するだろうってよ』

「半刻か……分かった。出来るだけ急がせてくれ」

王国軍飛竜騎士大隊を全滅寸前まで追い込んだ結界は、直に機能を失う。しかし、自力で離脱出来ないものも多く、撤退には時間がかかる。

後詰めの援軍もまだ距離があり、支援には期待出来ない。そんな状況で、空には敵味方問わず暴れ回る黒竜と、人類最強の勇者が一人。

「おいおい、無視は酷いじゃないか。それとも、焦らしてるのか？　ん？」

つまり――今まさにけらけらと小馬鹿(こばか)にしたように笑う勇者を倒す以外に、もはや仲間を守る道はないということだ。

「結局こうなったか……また学長に怒られそうだな」

「グオォ!!」

「その時は一緒だって？　悪いけど、学長は俺しか怒らないと思うぞ。そもそも、説教するのは部屋の中だろうしな」

「グォ……」

他愛もない会話を重ねながら、フェリドはグラドの背に手を置いた。

それに応えるように、グラドの体が徐々に透過し、竜の心臓——魔核（コア）が露わとなる。

「だから……今、一緒に戦ってくれ、グラド。みんなを守るために」

「グオォォ!!」

咆哮を最後に、グラドの体が消失し、純粋な魔力の塊となって宙を漂う。

その中心で、竜の魔核を胸に押し当てたフェリドは、魔力渦巻く嵐（あらし）の中で相棒と魂を重ね合わせる。

「……二度目だ。あまり長くは持たないだろうし、出来るだけ早く終わらせるぞ」

渦を吹き飛ばし現れたのは、異形と化したフェリドの姿。全身を土気色の鱗で覆い、背中から翼を生やしたそれはまるで、人の姿形をした竜のよう。

飛竜契約第三段階、最終契約。

禁忌とされるその契約を竜と結んだフェリドのみに許された力の名は、〝竜人化（ドラゴノイド）〟。

竜と人の肉体すらをも融合させ、圧倒的な力を宿す禁断の力だ。

「あはっ、はははは!!　なんだよそれ、初めて見たぞ!!　なんだよ、そんな隠し玉があるならさっさと使えよ、水臭いぞ!!」

そんなフェリドを見て、スペクターは益々高揚した表情で何事かを叫び始める。

フェリドには、彼が言っていることが何一つとして理解出来なかったが、攻撃してこないというなら都合が良い。手早く、簡単な作戦会議を進める。

「ウィンディ、黒竜の方を頼めるか?　時間稼ぎだけでいい、その間、俺が勇者の相手をする」

「ん、頑張る」

『いえ、待ってください。黒竜は私が墜とします』

その時、レミリーから驚くべき提案がもたらされた。

驚く二人に、レミリーは真っ直ぐ自分の考えをぶつける。

『ウィンディさんの竜では、黒竜を倒すには火力が足りないでしょう。あの竜に対抗出来るのは、私のレンリルだけです』

「それはそうですが……出来そうですか?」

『はい。任せてください』

この作戦に参加する前の彼女からは考えられない、確かな自信を感じさせる進言。

フェリドは、それを信じることにした。

「分かりました。お願いします、殿下」

『はい。ウィンディさん、フェリドさんのこと、よろしくお願いしますね』

「ん、当然」

その言葉を最後に、レミリーからの通信が切れる。

二人きりになったフェリドは、ウィンディへと問い掛けた。

「今更だけど……大丈夫なんだよな？　ウィンディ」

「当然。私は、フェリドの翼だから。フェリドが隣にいてくれれば、どこまでだって飛んでいけるよ」

剣も、腕も折れた。ピスティもまた角を失い、蓄魔石を利用して節約し続けた魔力も限界が近付いている。

それでも、まだ飛べる。二人で一緒なら。

そんな少女の真っ直ぐな想い(おも)に応えるように、フェリドは剣を抜いた。

「なら、行こう。俺達の力のありったけ、〝人類最強〟に叩き付けるぞ!!」

「ん!!」

二人で手を携え、スペクターへと立ち向かう。

後に、歴史の大きな転換点であったと称されることになる、王国軍による帝国基地強襲作戦。

その最後の決戦の火蓋が、今ここに切って落とされたのだ。

首輪の影響から逃れた黒竜には、自身を支配していた人間への怒りと憎しみが溢れていた。

普通に考えれば、その感情をぶつけられるべき存在はスペクターだろう。しかし、黒竜に人間の区別などつかない。

区別する知能がないのではなく、区別するつもりが最初からないのだ。

故に、フェリド達の間でどのような取り決めが成されようと関係なく、真っ先に目についた存在――直前まで自身を痛め付けていたウィンディに狙いを定め、攻撃を仕掛けようとする。

そこへ、どこからともなく魔力弾が飛来した。

「オォォオン⁉」

意識外からの攻撃に、魔法から身を守る結界も上手く機能せず、痛みを覚える。

振り返った先には、この空の上でも一際目立つ黄金の竜と、それに跨がり銃を構えるレミリーの姿があった。

「あなたの相手は、私達です……‼」

竜は、人の言葉を話せない。しかし、ある程度理解するだけの知能がある。

挑発された、とほぼ正確にレミリーの真意を汲み取った黒竜は、感情のままに目標を変え、レミリーへと襲い掛かった。

「オォォォ!!」

空を駆けるように、真(ま)っ直(す)ぐに突進する黒竜。すぐさま、レミリーは竜魔狙撃銃(ドラゴライフル)を放ち、レンリルもまた迎撃のブレスを放つのだが、不意打ちですらない魔法攻撃が黒竜に通じるはずもない。あっさりと防がれ、接近を許してしまう。

「ガァァァ!!!!」

「オォォォン!!!!」

炎竜最強の金竜と、竜種最強の黒竜の激突。その戦いは、おおよそ飛竜騎士が行うものとは異なる、獣のような激しいぶつかり合いとなった。

黒竜が自由な前足を武器として掴(つか)み掛かろうと迫り、レンリルがそれを回避しながら首筋に噛(か)み付く。

鋼の鱗(うろこ)で痛手にならないそれを黒竜が振り払えば、距離が開いたところを狙って放たれた両者のブレスが激突する。

宵闇(よいやみ)よりも暗き漆黒と、太陽よりも眩(まばゆ)き灼熱が鎬(しのぎ)を削り、弾け飛ぶ。

まるで吟遊詩人の語る英雄譚の如(ごと)き竜と竜のぶつかり合いは、空の景色さえ一変させる激しさを伴い延々と繰り広げられていた。

（私も、何かしなければ……!!）

そんな戦闘の中心で、レミリーは振り落とされないようしがみつくだけでも精一杯となっていた。

先ほどまでなら、レンリルが適度に滞空時間を作り、レミリーの援護射撃が出来る時間を確保してくれていた。しかし、黒竜が相手ではさしものレンリルもそこまでの余裕がなく、ほぼノンストップで激しい飛行を続け、少しでも優位を確保しようと高度を上げ続けている。

これでは、竜魔狙撃銃（ドラゴライフル）を放つための体勢を整えることすら出来ないだろう。

（そもそも……たとえ撃てたとしても、ただ当てるだけでは黒竜には通じません……!!）

魔法を無効化する結界を常に纏（まと）っている黒竜は、不意打ち以外の魔法攻撃を無効化してしまう。

仮に結界を突破出来たとしても、次に待つのは鋼の強度を誇る鋼鉄の鱗だ。それを破壊するのは竜撃魔法（ドラゴマギア）であっても容易ではなく、ましてやその鱗を貫いた上で黒竜を墜（お）とすダメージを与えるとなると、レンリルでさえ不可能だ。

やるのであれば、少しずつダメージを累積し、鱗を砕き、そこを狙った攻撃で墜落に足る損傷を与えるという順序になるが……黒竜とて馬鹿（ばか）ではない。そんなにも何度も何度も、結界の穴を突くような攻撃を許してはくれないだろう。

（どうすれば……!!）

今はまだ、レンリルと黒竜の戦闘は拮抗している。しかし、純粋な竜同士の力比べでは、さしものレンリルでも分が悪い。あまり時間をかければ、徐々に不利になっていくだろう。

一刻も早く、現状を変える〝何か〟を見つけなければ。

何も出来ない焦りの感情を押し殺し、努めて冷静に考えて、考えて考えて——その時、ふと。

黒竜の体に、不自然な〝異物〟があることに気が付いた。

(あれは……角……？)

黒竜の鱗の一部が砕け、そこに突き立った一本の角。

それは、先ほどフェリドの援護を受け、ウィンディが決死の攻撃で届かせた唯一の損傷。

黒竜攻略への道を照らす、一筋の光明だった。

(あの角を、私の銃弾で押し込めば……黒竜を墜とせるかもしれません……!!)

するべきことは定まった。ならば、次はそれを実行に移すための作戦が必要だ。

黒竜の巨体からすればごくごく小さなその角を正確に撃ち抜く狙撃精度が要求されることももちろんだが、確実に墜とすなら結界による妨害もすり抜けて直撃させなければならない。

黒竜の意識を掻い潜り、空中で姿勢を安定させ、針の穴を通すような狙撃を成功させる。

それら全てを、一瞬のうちに。誰の援護も受けることなく、レミリーとレンリルのコンビだけで。

(私に……出来るでしょうか……)

　一度は乗り越えた不安が、再びレミリーの心を支配する。

しかし、その傍らに携えた竜魔狙撃銃を目にすると、再びフェリドの言葉が脳裏を過り、不安が和らいでいくのを感じた。

「竜を信じろ……でしたよね、フェリドさん」

その瞬間、レミリーの頭に、一つの作戦が浮かび上がった。

それは、作戦とも呼べないただの無謀な賭けだったのかもしれない。それでも、レミリーはこれに賭けてみようと、迷うことなく決心する。

「オォォォォ!!」

「ガアァァァ!!」

黒竜が再び肉弾戦を仕掛け、レンリルがそれに応戦する。

二体の竜がゼロ距離で取っ組み合い、両者の動きが比較的小さくなる。

その瞬間――レミリーは、宙に身を投げた。

「信じています、レンリル」

重力に引かれ、真っ逆さまに地面へと落ちていく。

いくら落下軽減の魔法や騎士団服の保護があるとはいえ、既に高度二千近い高さまで到達していた今、地上に落ちればとても助からない。

それでも、レミリーの心にもはや恐怖はなかった。

自身の直上を振り仰ぎ、ほぼ左右への動きも消えた黒竜へと銃を構える。

この位置なら……レンリルに気を取られている黒竜の不意を突き、狙撃することが出来るはずなのだ。

「すー……はー……」

レンリルから離れて魔力供給が途絶えた以上、撃てるのはこの一発だけ。外せばそれで一巻の終わりだ。

深呼吸と共に心を落ち着け、余計な思考を削ぎ落とし、ただ一つ、自らが狙うべき的だけに全神経を研ぎ澄ます。

周囲の音も、時間さえも置き去りにした極限の集中状態の中、レミリーは引き金を引き——彼女の全てが込められた魂の弾丸が、狙い違わず黒竜の体、そこに突き刺さったピスティの角を撃ち抜いた。

竜撃魔法に準ずる威力の弾丸に後押しされた小さな角は、黒竜の体を最後まで貫通し、甚大なダメージを刻み込みながら空の彼方へと突き抜ける。

「オォォォォォ!?」

断末魔の如き咆哮を上げ、黒竜の全身から力が抜ける。

そのまま、ゆっくりと墜落していくのを見届けて、レミリーは大きく息を吐いた。

「ガアァァァ!!!!」

そんなレミリーの体を、レンリルが空中で受け止める。

もう地上まであと僅かしか残っておらず、本当にギリギリだったのだろう。どこか怒っているように見える相棒に、レミリーはくすりと笑みを溢す。

「ごめんなさい、レンリル。でも、あなたなら助けに来てくれるって、信じていたから」

言い訳がましく聞こえるかもしれないが、それが偽らざる本心だ。

どこか呆れたように鳴くレンリルの声にもう一度吹き出しながら、レミリーは空を振り仰ぐ。

「こちらは、どうにかなりましたよ。後はよろしくお願いします……フェリドさん、ウィンディさん」


レミリーが黒竜との激闘を制した一方で、フェリドとウィンディはスペクター相手に苦戦を強いられていた。

「おら、そんなもんか⁉」

「ぐっ……‼」

スペクターの剣がフェリドを襲い、嵐のような連撃となってその体を斬り刻まんとする。

防げるものは剣で防ぎ、そうでなくとも回避を試みるのだが……凌ぎきれず、浅く斬られた無数の傷口から血が零れる。

もちろん、竜人となった今のフェリドにとっては、掠り傷とも言えないほどの小さな傷だ。

地竜由来の回復力もあってすぐに傷口が塞がり、何の支障も残らない。

問題は、竜人化して尚スペクターに押されているという、その事実だった。

「フェリド!!」

接近戦の不利を悟ったウィンディが、救援に駆け付ける。

とはいえ、負傷したウィンディに大した攻撃手段はない。故に、あくまで支援を目的に、フェリドのすぐ後ろスレスレを掠めるように飛ぶ。

ピスティの足に残された、蓄魔石を固定しておくために付けられた鎖。それをフェリドが掴み、スペクターから一気に距離を置く。

「逃がすかよ!!」

そんなフェリド達を追撃すべく、スペクターが次々に魔法を放った。

あくまで人の身であるスペクターの魔法は、魔法陣に依存した通常通りの形式を取っている。

その連射速度は、竜人となったことで〝竜の言葉〟を扱えるフェリドの魔法には及ばない。

ただ、威力に関してはスペクターの方が遥かに上だ。フェリドの張った魔法による結界をいとも容易く打ち砕き、二人を地上へ叩き落とそうと迫ってくる。

「っ……ピスティ……!!」

すぐさま、ウィンディが相棒へと指示を出し、回避行動に移る。

障害物のない空を三次元にランダム回避するその動きは、簡単に捉えられるものではない。

どうにか無事に切り抜けた。

ただ、ウィンディはその動きの負荷のせいか、額に脂汗が浮かんでいる。

「ウィンディ、大丈夫か⁉」

「大丈夫……まだ、やれる」

口ではそう言うものの、限界が近いことはフェリドにも十分に察せられた。

(早くどうにかしたいけど……どうする、くそっ)

スペクターは、空戦においては素人だ。

今空中に留まっていられるのも、竜のような飛行魔法ではなく、人が扱う落下軽減魔法を、効率度外視の高出力で発動することで無理矢理浮いているに過ぎない。

しかし、そんなハンデをものともしないほどに彼は強く、そして抜群の戦闘センスを持っていた。

黒竜にとって首輪が枷(かせ)であったように、彼にとっても黒竜の存在は枷にしかなっていなかったのだろう。一人で戦っている今の方が、よほど手が付けられない状態になっている。

(それでも、やるしかない!!!!)

フェリドは魔法を発動し、ピスティから離れる。

スペクターに向けて掌を掲げ、渾身の一撃を放った。

「《竜の咆哮(ドラゴロア)》!!!!」

地竜の膨大な魔力を束ね、砲撃として放つ必殺技。

これまで援護で放っていた長距離砲撃は、距離の問題でその威力が多少減衰していたが、今ならその影響もない。

正真正銘、全力の一撃。それを、スペクターは真っ正面から剣で受け止める。

「ははは!! いい威力の魔法だな、けど……こんなもんじゃ、俺は倒せないぞ!!」

振り抜かれた剣が砲撃を両断し、爆発。

常人であればそのあまりの魔力濃度に酔ってしまいそうなほどの魔力が渦を巻いても、涼しい顔で笑みを溢す。

「お返しだ、これでも喰らえ!! 《皇帝の裁き》!!」

フェリドの放った魔法よりも更に強大な魔力砲撃が、スペクターから放たれる。

その一撃は、間違いなく宙に浮かぶフェリドの体を捉え――そのまま、すり抜けた。

「あん……？」

「はあっ……!!」

最初の《竜の咆哮》によって生じた爆煙を掻き分け、剣を構えたフェリドがスペクターに斬りかかる。

完全な不意打ち。ウィンディにここまで運んで貰い、トップスピードで飛び掛かった勢い全てを乗せた斬撃は、黒竜の鱗でさえ斬り裂くだろう。

それを、スペクターは見向きもせずに剣で防いで見せた。

「うおぉ!! なんだ、さっきのあれは魔法で作られた残像か。危ない危ない、危うく首を持ってかれるところだったぜ」

「あっさり防いどいてよく言うよ……!! 参考までに、今の不意打ちになんで気付けたのか教えて貰っても?」

「ん? あー……勘だな」

ふざけている、とフェリドは思った。

スペクターが質問の答えをはぐらかしていると思ったわけではなく、本当に大した理由もなく、勘に従って防いでいるのだろうと感じたからこそだ。

黒竜の守りには、ハッキリとした理由があった。

魔法を防ぎ止める結界と、物理的に硬い鋼鉄の鱗。どちらも強力だが、理由が分かれば対抗策を練ることも出来る。

ところが、スペクターの守りにはその理由がない。ただ、危ないと思ったからなどという動物的直感で危険を察知し、防ぎ止めている。

これでは、フェリドが得意としている搦(から)め手(て)中心の奇襲奇策の類(たぐ)いが通用しない。

こういった手合いを降(くだ)すための方法があるとしたら、そんなものは一つだけ。

真正面から、力で押し切る。それくらいしかない。

それが可能なら、という但し書きがついてしまうが。

「おらぁ!!!!」

「ぐあっ……⁉」

鍔迫り合いすら押し負けたフェリドは、そのまま大きく距離を取る。

飛行能力の低い地竜と融合したフェリドだが、この点だけはスペクターと比べても劣ってはいない。

長所と短所が普段と逆転している状況に苦笑しながら、フェリドは剣を構え直した。

「フェリド、どう？」

そんなフェリドへ、ウィンディが問いかけて来る。

油断なくスペクターの動きを警戒しながら、フェリドはその短すぎる質問に答えた。

「正直、かなり厳しい。俺の竜人化もそろそろ限界だし、いい加減決めないとな」

「ん……どうすればいい？」

いつものように、全幅の信頼を感じる声色で自らの役目を問うウィンディ。

それをありがたく思いながらも、フェリドは苦笑交じりに否定した。

「悪い、今は何も、打つ手がないよ」

「……え？」

ぽかん、とウィンディが口を開けたまま固まってしまう。

それならば、どうしてそうも落ち着いていられるのか、と声に出されずとも伝わってくる少女の困惑を解消するように、フェリドは言葉を重ねた。

「今は何も、な。……こいつは、俺達だけじゃどうしようもない。今はただ、仲間を信じて耐えるしかないよ」

「分かった。なら、その時まで頑張る」

そんなフェリドの、諦(あきら)めともとれる言葉を聞いても、ウィンディは揺らがなかった。

一刻も早く戦闘を終わらせなければならないのはウィンディも同じだろうに、文句一つ言わない。

本当に、ありがたい——そう思いながら、突っ込んで来たスペクターの刃を受け止める。

「もう少しだけ……付き合って貰うぞ、スペクター!!!!」

「ははっ、もう少しだなんて、つれないこと言うなよ。もっと楽しもうぜ、フェリド!!」

スペクターの笑い声を聞き流しながら、フェリドは祈る。

勝利のために打った、最後の布石(ふせき)。この状況で頼れる、一人の仲間へと。

(頼んだぞ……ドラン!!)

天竜部隊(エアガルド)第八中隊隊長、ワーナス・テンペスターは、今回の作戦の最中、ずっと夢でも見ているかのような心地だった。

序盤は、これまでその瞬間を夢見ながらも叶わなかった出撃の機会を得、作戦通りに敵を蹂躙出来たことで。

それ以降は、ただただ目の前で巻き起こる現実が受け入れられず、混乱するばかりで。

「なんなんだよ……本当に……」

帝国軍の《魔法封印領域》に囚われて墜落し、十倍以上の数の歩兵に囲まれた時は、もう終わったと思った。

レミリーの援護を受けて地上を制圧し、竜を墜落させた結界の機能を止めた時は歓喜の雄叫びを上げ、黒竜が墜ちていくのを目撃した時にはやっと終わると安堵さえした。

だが、そこまで至って尚、空では戦闘が続いている。

〝勇者〟スペクター・フォン・バゼルニアと、〝竜人〟フェリド・ガーディアンの人知を超えた力のぶつかり合い。それが、目の前で繰り広げられているのだ。

「これが……こんなのが、戦争だっていうのかよ……!!」

互いに呼吸するような気軽さで竜撃魔法クラスの魔法を連発し、剣を振るうごとに大気が震えている。基地から少し離れた場所は、戦闘の流れ弾で無数のクレーターが穿たれていた。

もし二人のうちどちらかの攻撃がここに飛んでくれば、それだけであっさりとワーナスは死ぬだろう。

戦って死ぬでもなく、何かを守って死ぬでもなく、なんの意味もなくただ巻き添えで死ぬ。

象が蟻を踏み潰すかの如き気安さで、誰の記憶に留まることもなく、いつの間にかこの世から消えてなくなるのだ。それは、想像していた〝死〟よりも遥かに冷たく恐ろしい。

「――隊長――おい!! テンペスター中隊長!!」

「……っ⁉」

呆然と突っ立っていたワーナスの意識を、年若い男の声が現実に揺り戻す。

見れば、そこにはフレアバルト家の我が儘坊主として有名な、ドラン・フレアバルトがいた。

「フェリドからの要請です、動ける隊員を集めて攻撃準備をしてください、敵の勇者を墜とします!!!!」

「は……？ お前、この状況で何を言ってるんだ⁉」

まさかそんな返答が返ってくるとは思わなかったのか、ドランは目を丸くしている。

それすら気に入らないとばかり、ワーナスは叫ぶ。

「やっと結界が解けたんだ、今すぐ撤退するべきだろう!! もう目標は達成したんだ、あんな化け物との交戦でこれ以上被害を拡大してどうする⁉」

「なっ……動けない仲間だっているんだぞ!!!! 見捨てる気か⁉」

中隊長に対する礼儀も忘れ、荒々しい口調でドランは叫ぶ。

ドランもそうだが、竜が負傷し素早い撤退が出来ない者は少なくない。

否、ドランのように、自力で歩いて基地を離れられるだけでもまだマシなのだ。地上部隊との交戦で負傷し、すぐにでも治療が必要な仲間だっている。黒竜との戦いで全てを出し尽くしたレミリーもまた、満足に動ける状態ではなかった。

今すぐに動ける者だけで撤退するということは、そうした仲間達を全員見捨てることと同義だった。

「第一、あの勇者はどうする気だ⁉　今はフェリドが押さえているが、撤退しようとすれば確実に追撃されるぞ‼」

「そのフェリドに殿（しんがり）を任せればいいだろう‼　撤退戦ならよくあることだ‼」

「っ、てめえ‼‼」

確かに、撤退戦では殿部隊を残して抵抗させるのはよくある話だ。それならば、レミリーを始めとした負傷者達も、ある程度は連れて逃げることが出来るだろう。

しかし、撤退しなければならない事態で殿を残すということは、その部隊にはほぼ死ねと命じているに等しい。

他ならぬ中隊長の立場で、他の部隊へその役目を押し付けるような言葉を吐くなど、たとえ一時の感情に任せたものであっても許されることではない。

ドランは怒りのあまり頭に血が上り、ワーナスの胸ぐらを摑み寄せる。

「化け物の相手を化け物に任せて何が悪い⁉　そもそも、あんな力があるなんて俺は聞いていないぞ‼　一人だけ特別な力を持って、それを隠して、ここぞの場面で好き放題暴（あば）れて……英雄気分に浸れて満足だろう⁉　最後くらい、仲間のために戦え‼‼」

「このっ……もう一度言ってみやがれ‼‼　勇者の前に、俺の手でぶっ殺してやる‼」

ヒートアップした激情が二人の冷静さを奪い、今にも殴り合いに発展しそうになった、その瞬間。

彼らの頭上から、大量の水が魔法によってぶちまけられた。

「馬鹿共が、作戦行動中だぞ‼　仲間同士で争っている場合ではない‼」

振り返れば、そこには今作戦における指揮官であるラース・ベルモンド大隊長が、怒り心頭といった様子で立っていた。

歴戦の猛者が放つ圧倒的な威圧感に、物理的にも精神的にも冷や水を浴びせられた二人は口を噤む。

「テンペスター、撤退の判断を降すのは俺の役目だ、意見具申なら認めるが、勝手に決め付けるのは許さん‼」

「はっ‼　申し訳ありません‼‼」

「フレアバルト、お前もだ‼　喧嘩している暇があったら、早くガーディアン小隊長から要請のあった作戦内容を伝達しろ‼」

「は、はい‼　それでは、説明させていただきます」

直立不動になりながら、ドランは急ぎフェリドから伝えられた作戦内容を大隊長に伝える。

とはいえ、それ自体は特に特別なものではなかった。

動ける隊員をかき集め、指定のタイミングで勇者に向けて一斉攻撃をして欲しいと、それだけだ。

「帝国の勇者は、この場における戦術的勝利にすら興味はなく、ただ暴れるだけの獣同然。故に、既に墜落した騎士達への警戒は薄く、確実な効果が見込めるだろうとのことです。それによって足止めをし、切り札で以て地上へ墜とす、と」

「切り札だと？」

「それについては、詳細は分かりません。ただ……」

「ただ……なんだ？」

しっかりとした口調で説明していたドランが、急に口ごもる。

そんな彼の様子を訝（いぶか）しみながら問い掛ける大隊長に、ドランは目を逸らしたまま答えた。

「もし、それすら実行出来ない場合は、一刻も早く動ける者を纏めて撤退に移って欲しい、と。……自分が、勇者を押さえている間に」

その言葉に、耳を傾けていた隊員達――特に、ワーナスは目を見開いた。

つまりフェリドは、いざという時は自分が殿となる覚悟を、既に固めていたのだ。

傷付いた仲間達を守り抜く、ただそのために。

「全く、どいつもこいつも勝手な判断を……最後の一文は、聞かなかったこととする」

呆れ声で、ラースはそう告げた。

その意味を正確に読み取ったドランは、「では!!!!」と喜色を浮かべる。

「動ける者は、総員攻撃準備!! 間もなく我が軍の歩兵部隊が到着する、後のことは気にしなくて良い。これが最後の攻撃と心得、全てを出し尽くせ!!」

「「はっ!!!!」」

大隊長の指示の下、隊員達が動き出す。

そんな中、ただ一人納得が行かない様子のワーナスの下へ、ラースは歩み寄る。

「すまんな、彼の力を伝えなかったのは、私の指示だ。彼を責めないでやってくれ」

「……会議の時から思っていましたが、大隊長は随分と彼の肩を持ちますね。なぜですか？」

ワーナスの問い掛けに、ラースは大きく息を吐く。

そして、ゆっくりと……その重い胸中を語り出した。

「私は、フローリア学長の教え子の一人だ。セルリオ、ドルイドの二人と同様にな。そして……学長が、仲間のために〝竜人化〟の力を限界まで振り絞り、二度と飛べなくなってしまったという戦いについて、彼女自身から聞かされている」

どこか遠い目付きで空を見上げる彼の視線の先には、まさに今、仲間のために竜人化の力を振り絞る、フェリドの姿がある。

「個人的な感傷と、笑いたければ笑って構わん。彼を砲撃支援に回せば、間違っても竜人化するような事態にはならないだろうなどと、甘い想定でいた愚かな指揮官を責めてくれても良い。だが、騎士の誇りに懸けて断言する。私はあくまで、より多くの仲間を守れる道を選んだのだと。彼も、レミリー殿下も、そしてお前達他の隊員も、今は皆平等に私の部下だ。必ず全員、生きて帰す」

その言葉に、確かな覚悟と矜持（きょうじ）を感じたのだろう。ワーナスは大きく頷（うなず）き、攻撃の準備に移るべく走り出す。

それを見送ったラースは、変わらず空の上を見つめながら、小さく呟いた。

「あと少し……耐え抜いてくれよ、フェリド」

フェリド、ウィンディの二人とスペクターの戦いは、佳境に入ろうとしていた。

フェリドの竜人化の限界時間、そしてウィンディとピスティの魔力限界が近付いているのだ。

「ははっ、そろそろ限界みたいだな。楽しかったぜ、フェリド」

一方で、スペクターの方は未（いま）だに衰えを知らぬ様子で、高笑いなど浮かべていた。

地竜にも勝るのではというほど膨大な魔力と、それに見合った持久力には、もはや呆れる他ない。

「……一つ、聞かせろ。お前の力があれば、《魔法封印領域（アンチマジックフィールド）》なんて発動しなくても、俺達を撤退に追い込むことくらい出来たはずだ。どうして、そうしなかったんだ？」

そんな中で、フェリドはスペクターに問い掛ける。

半ば時間稼ぎのための質問で、答えを期待してのものではなかったのだが、スペクターは律儀に回答した。

「ああ？　だって、雑魚の相手なんてしたってつまらないじゃないかよ。俺は強い奴と戦いたかったんだ、お前みたいにな」

「そのために、基地機能が破壊されて、帝国軍への被害がより大きくなることが分かっていながら、発動したのか。ただ、俺と戦うためだけに」

「そうだよ。何か問題あるか？」

あっさりと言ってのけるスペクターに、流石に返す言葉が見付からない。

確かに、スペクターがあくまで帝国軍の一員として、基地を守るための行動を取っていたならば、フェリドがこうして前線に出ることはなかった。ウィンディや大隊長がスペクターを足止めし、フェリドの砲撃で基地を叩きながら撤退戦に移ったはずだ。

ただフェリドと戦うためだけに、味方すらも窮地に追い込む。そんな彼の考え方が、フェリドには理解出来ない。

そんなフェリドへ、スペクターは肩を竦めてみせた。

「そもそもさ、俺がいなけりゃこの基地はただ蹂躙されて終わりだったんだよ。たまたま俺がいたから、こうして〝痛み分け〟にまで持ち込めたわけ。それだけでも上出来だろ？　だったら、後は俺の好きにしたって文句を言われる筋合いはないね」

どこまでも自分の欲求に忠実で、どこまでも自分勝手。

ある意味では皇族らしいその在り方に、フェリドは乾いた笑みを浮かべた。

「確かに、誰も文句は言えないだろうな。でも……俺には、そういうのはとても無理だ。俺はもう、仲間を見捨てられない」

フェリドの場合、最初の砲撃支援が終了した時点で、役目としては終わっていた。こうして救援に来たのは完全な独断であり、まして竜人化までして戦う必要などどこにもなかっただろう。

自分に出来る最善を尽くすことなく、仲間が倒れていくのを見過ごすなど出来はしない。ウィンディと二人で掲げた、夢のために。そして何より、もう一度目指すと決めた、フェリド自身の目標のために。

「こんな凡人共が仲間だなんて、随分と物好きなんだな、フェリドは」

「自分一人を特別だと思って、ぼっち拗らせながら暴れてるお前よりはマシだよ、スペクター」

「……へぇ」

気に障ったのか、スペクターの瞳に剣呑な光が宿る。

魔力が渦巻き、宙に描き出された魔法陣によって、漆黒の太陽が如き魔法が顕現した。

「そこまで言うなら、守ってみろよ。こいつを落とせば、基地丸ごと吹っ飛ぶぜ？」

地上には帝国軍の兵士もいるだろうに、そんなことを平気で口にするスペクター。彼が本気でそれを言っているであろうことは、フェリドにもハッキリと分かった。

だからこそ——フェリドは、笑った。

「……何が可笑しい？」

「いや。そうやって言いながら、結局俺しか見えてないんだな、と思ってな。そんなんだから、お前は負けるんだよ」

スペクターの魔法に合わせるように、フェリドもまた魔法を発動する。

これまで何度も発動してきた、《竜の咆哮》。一際強く魔力が込められたそれを見て、スペクターは笑う。

「いいぜ、どっちが勝って生き残るか、最後の勝負と行こうじゃないか……‼」

フェリドに対抗するように、スペクターは更なる魔力を魔法へと注ぎ込んでいく。

それを確認すると、フェリドは発動間近の魔法を高々と掲げ——パン、と霧散させた。

「は……？」

フェリドの行動の意味が分からず、スペクターの思考が停止する。

それこそが、フェリドの最後の作戦を発動する合図だと気付くこともなく。

「撃てぇーーー‼」

その瞬間、地上から竜のブレスがスペクターへと殺到する。

普通の人間なら即死するような威力の魔法攻撃が雨霰と叩き付けられたことで、さしものスペクターも痛みを覚え、放たれようとしていた魔法が霧散した。

「このっ……雑魚どもが、邪魔するな!!!!」

スペクターが、苛立ちのままに地上へと魔法を放つ。

しかし、ある程度時間をかけて威力を高めた魔法ならまだしも、咄嗟に放った程度の魔法では基地ごと吹き飛ばすような威力はなく、直撃しない限りさしたる被害はない。

加えて、そうした反撃を念頭に置いた地上の騎士達は、竜の姿を上手く残骸の中でカモフラージュし、空の上から視認しづらくした上で基地中にバラけて潜伏している。

その上で更に、火点の正確な位置を気取られないため、連続して同じポイントから魔法を放つことは避け、事前に取り決められた順番と人数で移動を繰り返し、完璧な波状攻撃を仕掛けていた。

何も、特別なことはしていない。

誰もが出来ることを、誰もが最大限習熟し、仲間と力を合わせて工夫を重ね、寄り集まった〝群〟を一つの〝個〟として運用する。

ごく普通の、同じように努力を重ねて来た凡人達だからこそ出来る、〝連携〟という名の最大の武器。

その力を前に、スペクターはいいように翻弄されていた。

「今のうちだ、やるぞ、ウィンディ」

「ん」

そうして作られた時間を利用し、フェリドはウィンディの下へ向かった。

フェリドの中にあるグラドの魔力を、増魔槽用の鎖を介してピスティに注ぎ込む。

ゆっくりと伝達される地竜の魔力を、天竜が持つ強靭(きょうじん)な魔力強度で一気に放出。フェリドとウィンディの二人で、力を合わせてそれを制御、魔法としての形を与えるのだ。

それは、スペクターを倒すための最後の切り札。

以前フェリドの故郷にて、夜の竜舎で二人語り合った、他愛もない空想の産物。

地竜と天竜の長所を掛け合わせた最強の竜を、二人と二体で力を合わせ、今ここで擬似的に再現するのだ。

「うぐ……!!」

未だかつて経験のない強大な魔法の負荷によって、ウィンディは顔を顰(しか)める。

折れた腕どころか全身が痛みを訴え、意識が遠のいていく。

そんなウィンディを、魔力の供給を終えたフェリドが後ろから抱き寄せた。

「大丈夫、落ち着いて、俺と呼吸を合わせろ。二人で負担を分け合えば、そこまで辛くはないはずだ」

鱗に覆(おお)われたフェリドの体は硬く冷たく、心音すらも届かない。

それでも、耳元で響く優しい声が、少女を想（おも）って回された腕の頼もしさが、これ以上ないほどの安心感をウィンディにもたらす。

「ん……もう、平気。やろう」

二人で手を掲げた先では、異変に気付いたスペクターが迎撃の魔法を準備していたが、それは致命的に遅かった。

竜から竜へ、竜から人へ、人から人へ。

未だかつて例のない、二騎の飛竜騎士が力を結集した究極の儀式魔法――《竜撃儀式魔法（ドラゴリチュアル）》が、放たれる。

「「《天地開闢（ラグナロク）》!!」」

「うおぉぉぉぉぉ!!」

フェリド達によって放たれた魔法が、スペクターの渾身の魔法と激突。一瞬の拮抗すら生むことなくそれを蹴（け）散らし、スペクターを呑（の）み込む。

そのまま、スペクターは真っ直ぐ地上へ向けて落下していくのだった。

墜落したスペクターを追い、フェリドが地面に着陸する。

竜人化は維持したまま、上空の警戒をウィンディに任せて落下地点まで歩いていくと……そこには、ボロボロの状態で手足を投げ出して笑う、スペクターの姿があった。

「ははは……負けた負けた、俺が負けるなんてガキの頃以来だ。やるな、フェリド」

「……やっぱり、まだ生きてたか。どんだけ頑丈なんだよ、お前は」

まだまだ喋(しゃべ)る元気すら残るスペクターを見て、フェリドは溜(た)め息(いき)を溢す。

野生の竜が放つ普通のブレスですら、一般人にとっては致命の威力を誇る。それをより強大にした竜撃魔法(ドラゴマギア)、それを二騎で力を合わせ、更に高めたものが先ほどの《天地開闢(ラグナロク)》だった。

まともな人間なら、骨も残らない威力だったと断言出来る。

それをまともに喰らって、生きているだけでも凄(すさ)まじいというのに、その上更に呑気(のんき)にお喋りする余裕まであるというのは、もはやフェリドの知識をしても理解の埒外(らちがい)だった。

「当たり前だろ、やっとこんなに面白(おもしろ)いことを見付けたんだ、簡単にくたばってたまるかよ」

「俺は全然面白くないんだよ。悪いが、お前の楽しみはもう終わりだ、一緒に来て貰うぞ」

スペクターは、バゼルニア帝国の皇族だ。それも、〝勇者〟として人にあるまじき力を持ち、帝国民なら誰もが知る次世代の英雄である。

そんな人物を捕虜として連れ帰ることが出来たなら、間違いなく大戦果だ。帝国と交渉し、停戦合意に至ることとさえ夢ではない。

そんなフェリドの思惑に水を差すように、スペクターは笑い出す。

「……何が可笑しいんだ?」

「いや？　さっきお前が言っていた通り、凡人共も使いよう、捨てたもんじゃないなと思っただけだ。お陰で、俺もまだまだ楽しめそうだってな」

「一体何を言って……⁉」

　その時、フェリドの背筋に悪寒が走った。

　まるで、心臓を氷の刃で貫かれたかのような殺意を感じ、慌てて振り返ったその先には、一人の老執事が立っている。

　いつの間に、と戦慄するフェリドに、老執事は恭しく頭を下げた。

「王国の新たな英雄、フェリド・ガーディアン様にご挨拶申し上げます。早速で申し訳ございませんが、スペクター殿下はそろそろ皇居に戻らねばならないお時間ですので、こちらに引き渡していただけないでしょうか？」

「……嫌だと言ったら？」

　警戒心を最大限引き上げながら、フェリドは問い掛けた。

　そんな彼に、老執事は困ったように渋面を作り、掌を上に向けた状態で手を伸ばす。

「その場合、お互いにとって最悪の結末になるであろうことを、お伝えせねばなりません」

　老執事の掌から、光の立体映像が浮かび上がる。

　光の屈折による蜃気楼を利用し、離れた位置にある景色を目の前に投影する、映像魔法だ。

　通信と同じく、発信側と受信側でそれぞれ別の魔道具が必要となる精緻な魔法によって映し出されたのは――今フェリド達のいる基地を包囲するように布陣する、帝国軍の様子だった。

「なっ……⁉」

予想外の光景に、フェリドは絶句する。

帝国の国土で、帝国軍の基地を襲撃したのだ。救援部隊が来るであろうことは予想出来ていたし、それをいち早く察知するためにフェリドはずっと誰か一人は上空から周辺警戒に当たらせていた。今も、ウィンディが空の上にいるはずだ。

にも拘わらず、気付けばこうして包囲されている。何の冗談だと、よほど叫び出したい気分だった。

『フェリド‼　今、基地の周りに、いきなり帝国の部隊が……‼』

「ああ……こっちでも、確認したよ。今は手を出さずに、そのまま警戒頼む」

ウィンディからの緊急通信で、間違いなく今この瞬間に現れた部隊だと確認が取れてしまう。

それを手引きしたであろう目の前の老執事に、フェリドは問い掛けた。

「あなたは……何者だ？」

「申し遅れました。私は、スペクター殿下の専属執事であり、そして――」

一礼した格好から、ゆっくりと顔を上げる。

年老いた執事には到底出せない、歴戦の猛者だけが纏う覇気を放ちながら、告げた。

「帝国軍、魔馬騎士団（スレイプニル）第一部隊隊長、ギュンター・アスレイヴ。それが、私の公的な身分でございます」

「っ……!!」

魔馬騎士団。それは、帝国が今のような大国に成長する切っ掛けとなった始まりの部隊であり、帝国軍にとって虎の子の精鋭部隊の名だ。

魔馬(ホルス)と呼ばれる、八本の足を持つ馬の魔獣。それを操(あやつ)る特殊な騎馬隊によって編成された部隊なのだが、恐るべきは魔獣故の馬の頑強さでも機動力でもなく、その積載能力を生かした豊富な魔法戦術だ。

魔法兵部隊顔負けの投射火力を有しながら、一度守りに入れば重装歩兵にも劣らぬ頑強さを発揮し、行軍中は《透過(クリアライズ)》という魔法によってその姿を周囲から覆い隠すという、隠密性の高さまでをも併せ持つ。

正面から戦っても厄介な部隊が、騎馬の機動性と視認不可能な隠密性で以て、好きなタイミングで好き放題奇襲攻撃を仕掛けて来るのだ、その脅威は計り知れない。

それこそ――かつて、セルリオ・テンペスターを墜としたのは、この魔馬騎士団(スレイプニル)だと言われているほどに。

「王国軍の地上部隊が、もう間もなくここに到着することは存じ上げておりますが……飛竜騎士の援護なしに、帝国領内で魔馬騎士団(スレイプニル)に打ち勝つことは不可能でしょう」

この基地には今、五十三騎の飛竜騎士がいる。しかし、そのほとんどはこの戦闘で消耗し、魔馬騎士団(スレイプニル)と事を構える余力はほとんどないだろう。交戦となれば、今度こそ確実に全滅する。

ギュンターは、暗にそれを指摘した。

「一方で、我々も今この場であなた方と正面からぶつかり合い、万が一にも殿下を失うような事態は避けたいのです。もちろん、殿下を引き渡していただけるのであれば、魔馬騎士団（スレイプニル）は基地を放棄して撤退致しましょう」

スペクターは、一見すればまだ余裕そうに見えるが、自力で起き上がれないほどにボロボロであることに変わりはない。

今この基地で交戦状態に入り、流れ弾がスペクターを襲えば、いかに勇者といえど命を落とす危険がある。

素直に引き渡せば撤退する、という彼の言い分には、一定の説得力があった。

「ここはお互いのために、賢い選択をお願いいたします」

「……答える前に、一つだけ聞いても？」

「何なりと」

「なぜ、その取引を俺に？　俺はいち小隊長で、捕虜交換などを行う権限を持ち合わせていないのですが」

今回の王国軍飛竜騎士大隊を束ねているのは、フェリドではなく大隊長のラースだ。当然、そうした取引はラースに持ちかけるべきである。

それなのに、どうして自分に。そう問い掛けるフェリドに、ギュンターは笑い出した。

「失礼。確かに、指揮権はそちらの方にあるのでしょう。ですが……今この基地にいる中で、殿下を殺せるのはあなただけです。ならば、まずはそちらから話を通しませんと」

「………………」

〝指揮権〟はなくとも、〝主導権〟を持っているのはフェリドだと、ギュンターは暗に指摘する。

それを聞いたフェリドは、小さく溜め息を吐き……剣を収めることで、その回答とした。

「俺は、大隊長の指示に従います。元より、こちらの作戦目標は既に達成していますから」

「それだけ聞ければ、十分です」

そう言って、ギュンターはその場を後にし、ラースの下へ向かう。たとえ彼の中で結論が出ていようと、形式というものは大事だからだ。

結果として、話が纏まるまではとその場に残されることになったスペクターは、立ち尽くすフェリドに口を開く。

「残念だったな。次こそは、お前を墜としてやる。それまで首を洗って待っていやがれ」

ははっ、と、スペクターの軽薄な笑い声が響き。

こうして、王国軍による帝国軍前哨(ぜんしょう)基地襲撃作戦は、形の上では王国軍の勝利で幕を閉じるのだった。

第六章　それぞれの道

「全く君は……一度くらいならまだしも、二度目だよ？　前回散々言って聞かせたつもりだったんだが、舌の根も乾かない内にこれとはね、まったく」

帝国軍前哨基地襲撃作戦から数日後。フェリドの姿は、飛竜騎士学校の医務室、そのベッドの上にあった。

前回以上の無茶をやらかし、激しい交戦を繰り返したので当然の結果だが……これまた当然というべきか、それを聞き付けたフローリアが、真っ先にお見舞いという名の説教に現れたのだ。

年寄りらしいと言うべきか、先ほどから延々と同じ内容のことばかり繰り返すので、フェリドもそろそろ耳にタコが出来そうだが。

「聞いているかい？　フェリド」

「聞いてます聞いてます」

それでいて、無駄に勘が鋭い。

集中力が切れて気もそぞろになり始めて来たのを目敏く見咎めるフローリアを、フェリドはどうにか宥めすかした。

とはいえ、フローリア自身、しつこく言い過ぎだとは思ったのだろう。深い溜め息と共に、子供をあやすような優しい手付きでフェリドの頭を撫でる。

「勇者スペクターか……随分と厄介なのに睨まれたね。本当に、よく生きて帰ってきてくれたよ」

「学長は、知ってるんですか？　あいつを」

「まあ、本人に会ったことはないが……勇者の強さは、この私が誰よりも身に染みて理解しているつもりだよ。まあ、私が戦った勇者とは別人だろうけどね、流石に弱すぎる」

フローリアが告げた一言に、フェリドは苦虫を噛み潰したような顔になる。

勇者とひと口に言っても、その力はまちまちだ。炎竜種における金竜のように、〝人の特別変異種〟とでもいうべき存在として生誕するのが勇者なのだが、当然ながら生まれた時からその力を十全に扱えるわけではない。

勇者が勇者として戦うためには、ただの人間のそれより遥かに多くの修練と経験が必要となるのだ。

「私が戦った勇者は、かなり高齢の爺さんだったんだがね、『まだまだ我は道半ば、貴様を倒してまた一歩真の勇者へと近付いてみせよう』なんて言ってたよ」

「……つまり、スペクターはこれからもっと強くなるってことですか」

　実戦経験はあまりなく、生来の戦闘センスと直感のみに頼って戦っていたのがスペクターだ。そこに確かな技術と経験が伴った時、どうなってしまうのか。とても想像がつかない。

　そんな彼に、「次こそは墜とす」と宣戦布告までされてしまっている。あの性格からして、戦略的な意味すらなく戦いを吹っ掛けて来そうな気配すらあり、フェリドとしては気が休まる暇もない。それは、王国にとっても同じだろう。

「だとすると……スペクターを捕虜として王国に連行出来なかったのは、俺が思っていた以上に痛手でしたね。俺が、もう少し強ければ……」

「何を言っているんだ、君は」

「いてっ!!」

　ぴしっ、と軽くデコピンされ、フェリドは額を押さえる。

　目を丸くする少年に、フローリアは困り顔で口を開く。

「王国軍の目的は、帝国軍基地に襲撃をかけることで、帝国の脅威を減少させると共に周辺諸国へ王国の力を知らしめることだ。その意味で、君達は完璧な働きをしてくれた。勇者との交戦なんてものは、その時点で想定外なんだ、大した被害もなく乗り切れただけで十分だよ。少なくとも、君が気に病むことじゃない」

　というより、と、フローリアがまたも咎めるような眼差しをフェリドに注ぐ。

「今の言い方だと、君が本当に〝もう少し強ければ〟、勇者と交戦したばかりのその体で、魔馬騎士団とも一戦やらかすつもりだったと聞こえるんだが？」

「…………」

失言だった、と後悔しながら顔を逸らすフェリドだったが、フローリアは誤魔化されなかった。

「フェリド……君の竜人化は、もう二度目だ。今回もまだどうにかなったが、これ以上同じことをすればいよいよ致命的な一線を越えてしまうだろう。その力は、もう二度と使うんじゃない」

「だからこそ……強くならなきゃいけないんです。今回は、俺だけじゃない……ウィンディにも、相当に無茶をさせてしまいましたし」

そう呟きながら、フェリドは自身の隣のベッドへ顔を向ける。

そこには、体中至るところを包帯で包んだ翠緑の少女が、スヤスヤと穏やかな寝息を立てていた。

黒竜との戦闘で負傷した状態のまま、スペクターとのギリギリの戦闘。その上、竜撃儀式魔法などという大技をほぼぶっつけ本番で挑戦させてしまったのだ。

この小さな体に、どれほどの負担を背負わせてしまったか。痛々しいその姿が嫌というほどに物語り、フェリドの心を苦しめる。

「守るのは俺の役目だって……背中は任せろって言ったのに。その結果がこれじゃあ、自分が情けない」

　そう言って、フェリドは眠るウィンディをそっと撫でる。

　幸いにも、ウィンディは命に別状はなく、後遺症が残る心配もない。折れた腕も、一週間ほどで治せるだろうと保険医の先生も語っていた。

　それでも、一歩間違えばどうなっていたか分からない。

　他ならぬ自分の指示で、ウィンディを死なせていたかもしれない。その恐怖が、こうして療養している姿を見ることでまざまざと突き付けられていた。

　そんなフェリドに、フローリアはまたもデコピンを見舞う。

「いてっ!!　……何するんですか、学長」

「フェリド、君は少し気負い過ぎだよ。確かに、部隊長になった君は部下の命を背負う立場だ、それに責任を感じるのは大事なことだが……だからと言って、何もかも君一人で背負う必要はない。それを、君はもうとっくに知っているはずだろう?」

　フローリアに指摘され、フェリドはハッとなる。

　何もかも自分で背負わず、相棒を……仲間を頼れ。それは、フェリド自身が、レミリーに語った言葉だった。

　そんな少年を、フローリアはそっと抱き寄せる。

「それでも、どうしても重圧に耐えきれなくなった時は、私の下に来ればいい。これでもこの学校の長で、かつて伝説と謳われた飛竜騎士だからね、子供の悩みの一つや二つ、背負ってやれる強さはまだ持ち合わせているつもりだ」

柔らかい温もりに包まれて、フェリドの恐怖は和らいでいく。

幼い頃からずっと……今この時も、誰よりもフェリドの将来を憂いて寄り添ってくれていた恩人に、少年は感謝の言葉を紡ぐ。

「ありがとうございます……学長」

「ふふっ、こういう時くらい、昔のようにフローリアと呼んでくれてもいいんだよ？」

「それは……癖になりそうなので、やめておきます」

「素直じゃないね、フェリドは」

二人の関係がどうであれ、今は教師と生徒だ。分別はつけるべきだと主張するフェリドに、フローリアはくすりと笑みを溢す。

そして、ふと……何かに気が付いた彼女は、その笑顔をニヤリと悪戯好きの童女のようなそれに変える。

「しかし、私の言い付けを二度も破ったんだ、一つくらいお仕置きはしておこうか」

「お仕置きって……っ？」

何をするつもりで、と問おうとしたフェリドに、フローリアがそっと口付けした。

額に感じた柔らかな感触が彼の戸惑いを大きくする中、フローリアは楽しげな様子を隠すこともなく立ち上がる。

「それじゃあ、精々頑張りたまえ。しばらく、二人きりにしてあげるから」

「へ……？」

二人きり？　と首を傾げるフェリドを余所に、フローリアは医務室を後にする。

その直後、フェリドの着る診察着の裾を、小さな手が引っ張った。

「ウィンディ？　起きてたのか。……もしかして、今の話聞いてたか？」

「…………」

横になったまま、むすっと頬を膨らませるウィンディに、フェリドは何を話したものかと迷う。

一人で勝手に責任を感じていたことを咎められるだろうかと、そう考えるフェリドだったが……ウィンディの口から飛び出したのは、予想外の一言だった。

「フェリド、学長のこと好きなの？」

「ぶっ!!」

気にするのはそこか!!　と、フェリドは思わず叫び出しそうになる。ついでに、フローリアの語った〝お仕置き〟の内容がこれだったのだと察してしまい、頭を抱えた。

今頃、困っている教え子の様子を思い浮かべてほくそ笑んでいるであろうフローリアに、心の中で散々に文句を並べ立てる。

「フェリド、学長にキスされて、鼻の下伸ばしてた。むぅ」

「伸ばしてません。……あのな、学長は俺にとって親代わりみたいなもので、別に好きとか嫌いとかじゃないの。親子ならあれくらいするだろ?」

「でも、親代わりも何も、フェリドのお母さん生きてるよ?」

「そうだけど、最終契約のこともあって小さい頃は何年も学長に引き取られて育ったから……もう一人の母親みたいなものなんだよ」

疑いの眼差しで見るウィンディに、フローリアとの出会いについて語って聞かせる。

故郷を失い、恩人を失い、家族とすらも引き離されて心が不安定になっていたフェリドを、それでも最終契約の反動から助けようと手を尽くしてくれた、大切な人なのだと。

もっとも、そうして熱く語ること自体が、フェリドの中でのフローリアの存在の大きさを示しているので、ウィンディとしては少しばかりジェラシーを覚えるところなのだが。

「じゃあ、私にも出来る?」

だからか、ウィンディは気付けばそう問い掛けていた。

へ?　と戸惑い顔になるフェリドに、ウィンディは自身の髪をかきあげ、額を露わにする。

「学長に……家族に出来ることなら、私にも、して欲しい。私達も、そのうち家族になるんだから……少しくらい、いいでしょ?」

期待の眼差しが、真っ直ぐにフェリドを射貫く。ウィンディも緊張しているのか、傍から見てもその体は強張(こわば)っていた。

「……分かった」

そんなウィンディの傍に向かい、顔を寄せる。

フローリアにされた時は、嬉(うれ)しくはあっても緊張などしなかった。多少の気恥ずかしさがある程度で、それこそ〝家族なんだからこれくらいは〟という心持ちだ。

ところが、ウィンディとすることを意識するだけで、あり得ないほどに緊張が高まる。心臓が早鐘を打ち、顔に熱が灯る。

一向に落ち着く様子を見せない感情をどうにか宥めながら、フェリドは徐々に顔を近付け
――ちゅっ、と。

ウィンディの額に、口付けを落とした。

「……これで、いいか？」

一瞬が永遠にも感じるような時間、ウィンディと触れ合ったフェリドは、ゆっくりと離れていく。

ドキドキと、鳴り止(や)むことなく騒ぎ続ける心臓の音を悟られないよう、努めて冷静に問い掛けたフェリドは……そこで、ウィンディの異変に気が付いた。

「……ん？」

まるでそこだけ時間が止まってしまったかのように、ウィンディが硬直している。

そんな状態で、まるでお湯が沸騰していくかのようにみるみる顔を真っ赤にしたウィンディは、やがて弾かれるように布団の中に潜り込んだ。

「っ～～～～!!」

声にならないくぐもった悲鳴が、布団の中で鳴り響く。

自分で頼みながら、想像以上に恥ずかしかったのか。滅多に見せないウィンディの様子を見て、フェリドは逆に落ち着くことが出来た。

「心配しなくても、俺はお前のことが世界で一番好きだよ、ウィンディ」

「っ……フェリドは、いつもそうやって、誰にでも優しいことばっかり言うから……!! だから、女の子にいっつも寄って来られるの!! 少しは自重して!!」

「いや……いくらなんでも、好きだなんて言葉は、ウィンディにしか言わないけど」

「……ばかっ……!!」

なぜか罵倒されてしまったが、嫌がられているわけではないことくらいフェリドにも分かる。

ポンポン、と布団の上から軽く叩いて落ち着かせていると、やがてウィンディはハムスターのようにひょっこりと布団から顔を覗かせた。

「フェリド……手、握って」

「ああ、いいよ」

布団の中から伸ばされた手を、フェリドがぎゅっと握り締める。

そうしていると、少しずつ火照った顔から熱が引いて来たのか、ウィンディはようやくフェリドと目を合わせた。

「ねえフェリド。体、大丈夫なの？」

「……ウィンディほどじゃないから、心配するな」

「嘘。私、学長とフェリドの話、最初から全部聞いてたから」

「…………」

関係ない話ばかりだったために誤魔化せたかと思っていたが、どうやら違ったらしい。

諦めの感情と共に息を吐き出したフェリドは、素直に現状を吐露していく。

「なら、聞いてた通りだよ。……これ以上の竜人化は、俺の体が耐えられないだろうってさ。何なら、しばらくは竜撃魔法も控えた方がいいって言われたよ」

ウィンディの唇が、きゅっと引き結ばれる。

フェリドがグラドとの間に交わした最終契約と、それに伴う《竜人化》の魔法は、禁忌と呼ばれるだけの理由がある。

人と竜、異なる存在の魂と肉体までをも一つに融合するその力は、発動者の肉体に多大なる負荷をかけ、その大半が契約した瞬間に命を落とす。

仮に契約が成立したとしても、竜人となる度に同様の負荷がかかり続け、着実に寿命を削り取る。

そして——最期は、そのまま命を落とすか、人と竜が融合したまま戻れなくなってしまう。

その数少ない例外が、正気を保ったまま人と竜の〝完全融合〟を成し遂げたフローリアであり……彼女の手で、十年にわたって治療と診察を続けて来たフェリドだった。

しかし、前回に引き続き二度目となる竜人化によって、フェリドの体は見た目には分からないほどボロボロになっている。今回は戻ってこられたが……三度目は、ない。

それを聞いて、ウィンディは握り締めた掌を震わせ——申し訳なさそうに口を開いた。

「ごめん、フェリド。私がもっと強かったら……」

「そんなこと……!! むしろ、俺の方こそ……ウィンディがこんなになるまで無理させて、悪かった」

心配をかけてしまったこと、これほどボロボロになるまで戦わせてしまったこと。どちらも、謝るべきは自分だと頭を下げるフェリドを見て……ウィンディは、したり顔で笑った。

思わぬ反応に、フェリドは戸惑ってしまう。

「うん。私、今回は結構無理したと思う。私はボロボロだし、ピスティも角が折れちゃって、治るまで何日もかかるし」

でもね、と、ウィンディはフェリドの手を強く握り返す。

フェリドが罪悪感を覚える必要などないのだと、そう伝えるかのように。

「私、嬉しかったんだ。ドルイド叔父さんの時は、フェリドだけが無理して、倒れて……でも今回は、フェリドが私を頼ってくれた。一人じゃないって、二人で分け合えば大丈夫だって、そう言ってくれたから」

「ウィンディ……」

確かに、《天地開闢（ラグナロク）》を二人で放つ時、そのようなことを口にした覚えはある。

フェリドとしては、単に魔法の負担を分け合おうという、簡単なアドバイスのつもりだったのだが……ウィンディは、少し違う意味で受け取っていたらしい。

「三回目がないのは、私達も一緒だよ。今回は、二人共ボロボロだったけど……次は、二人共無傷で、元気に学校を凱旋しよ。竜人化なんてなくても、スペクターをボコボコに出来るように、二人で一緒に強くなろう。だって……」

これ以上ないほど飛びきりの笑顔を浮かべながら、ウィンディは言った。

見惚（みほ）れてしまうほどに愛らしく、こちらまで勇気付けられそうなほどに自信に満ち溢（あふ）れた表情で。

「私は、フェリドの翼だから」

フェリドが竜となって飛べないのなら、その分まで自分が飛んでみせる。フェリドを連れて、どこまでも高く。

そんな決意を感じさせるウィンディの宣言に、フェリドは「敵（かな）わないな」と溢した。

「ありがとな、ウィンディ」

小さな体に、誰よりも誇り高く力強い騎士の魂を宿した少女へと、心からの感謝を述べる。

最初は自分が教える立場だったはずなのに、いつの間にか教えられてばかりだと、フェリドは自嘲した。

しかし……そんな関係が、どこか心地好い。

「あ……」

二人で見つめ合っていると、いつの間にか握っていた手の指を、お互いに絡ませ合っていた。

フェリドの顔が、徐々に近付いていることにウィンディも気が付くが、先ほどあんなに羞恥を覚えていたにも拘わらず、避けようとはしなかった。

相手に心音が聞こえてしまいそうなほど胸が高鳴り、紅潮した顔の熱が触れ合わずとも伝わってくる。

やがて、互いの吐息が感じられるほどに二人の距離は近くなり、そして――

「よぉフェリド!!　見舞いに来てやった、ぜ……?」

突如として医務室のドアが開け放たれ、ライルが飛び込んで来る。

その先には、フェリドとウィンディが手をつなぎ、ほぼ零距離で見つめ合い――解釈によっては、フェリドが動けないウィンディへ襲い掛かろうとしているかのような光景があった。

当然のように、フェリドが〝そういうこと〟をしようとしていると察したライルは、そっと踵を返す。

「悪い、まさかお前がこんな場所で手を出そうとしてるとは思わなかった。でもやっぱ、そういうのはちゃんと怪我を治してからにした方が良いと思うぞ」

「いや、誤解……!!　でも、ないのか？　いや、でもライルが考えてるようなことは何もないから!!」

微妙に否定しきれない状況だったために、止める言葉にも力がない。

そのため、「えっ、マジなの？」とより一層誤解を加速させる。

状況が混沌とし始めた時、ライルに続いて医務室に入ってきたのは、カレンとドランのフレアバルト姉弟だった。

「なんだいなんだい、邪魔しちまったかい？　もう少しゆっくり来れば良かったねえ」

「そんなことないです、ベストタイミングです」

「……むぅ」

早速空気を察してからかおうとするカレンの追及を躱すと、ウィンディから不満気な眼差しが注がれる。

ごほん、と一つ咳払いしてそれを誤魔化したフェリドは、ドランにも声をかけた。

「でも、ドランまで来てくれるなんて思ってなかったな」

「ふん……俺は伝言を頼まれただけだ」

「伝言？」

一体誰が、ドランを使って自分に伝言するようなことがあるのか。

そう疑問に思うフェリドへと、ドランは予想外の名前を告げた。

「ワーナス・テンペスター中隊長からだ。……『ウィンディのことは、ひとまず預けておく。だが、そう簡単にお前達の仲を認めて貰えると思うなよ、特に当主様にはな』……だとよ」

本当に、メッセンジャーを頼まれただけなのだろう。内容を伝えるその言葉には大した感情は乗っておらず、どうでもいいと顔に書いてある。

だが、そんなドランから聞かされてなお、未だ納得しきれていないワーナスの顔と——テンペスター家当主、グランゾ・テンペスターの気難しい顔がありありと浮かび上がって来た。

「ウィンディは渡さない。絶対に認めさせてみせるから、覚悟しとけ。……とでも伝えといてくれ」

ウィンディを、騎士になれないからと一度は追い出そうとするほどに頭の固い老人だ。騎士として、着実に戦果を積み上げげつつある今のウィンディを、元平民のフェリドに嫁がせるなどそう簡単には認めようとしないはずだ。それくらい、容易に想像出来る。

それでも、絶対に手放すつもりはない。そんな意思を口に出すと、ドランは露骨に顔を顰めた。

「そんなこっ恥ずかしいセリフを俺に伝言させようとするな。体を治して、自分で伝えやがれ」

「……そ、それもそうか」

ただ面倒臭いと言われるだけならまだしも、恥ずかしいセリフとまで言い切られてしまい、フェリドは少々視線を泳がせる。

確かに、少し威勢が良すぎたか、と思いながら隣を向くと、ウィンディも顔を赤くして布団に顔を埋めていた。

そんなに恥ずかしかったのか……と、フェリドは自身の言葉選びセンスについてやや自信を喪失する。

「フェリド、あんたが何考えてるのか大体分かるけど、違うからね？」

「……へ？」

カレンに呆れ顔を向けられ、益々困惑するフェリド。

もう一度ウィンディの方を向けば、「ばか、好き」と罵倒交じりの好意を言葉にされ、頭に大量の疑問符が浮かんだ。

そんな光景を目の当たりにしたことで、部屋の片隅でライルが砂糖を吐きながら崩れ落ちていたりするのだが、幸か不幸か誰も目に留めなかった。

「ああ、それから……『今回は助けられた。モグラ呼ばわりしたことは謝る』とも言ってたな」

そんな空気にドランも耐えきれなかったのか、今思い出したとばかりに僅かばかりのメッセージを追加する。

　すると、今の今までフェリドの無自覚なセリフに悶えていたウィンディが、スッと真顔になった。

「全然悪いと思ってなさそう。模擬戦の時のドランみたいでむかつく」

「本人を前に言うことか!?」

　遠慮容赦なく本音をぶちまけるウィンディに、ドランは必死に叫ぶ。が、実のところ今この時に至っても模擬戦の賭けにあった謝罪は行われていないので、見ようによっては形だけ……それも人伝という迂遠な手段を使ってでも謝ったワーナスの方がマシである。

　それを指摘するほど、ウィンディも鬼ではなかったが。

「えーっと……それよりドラン、エルダの調子はどうなんだ?」

　微妙な空気を変えるため、フェリドが少々強引に話題を逸らす。

　これ幸いとそれに乗っかることにしたドランは、阿吽の呼吸でそれに答える。

「問題ない……とまでは言わないが、一週間ほどで完治するだろう。飛行能力にも影響はないと言われているし、心配には及ばん」

「そうか……それは良かった」

　ドランの相棒、炎竜のエルダは、今回の作戦中に黒竜のブレスを浴び、翼を失った。

　驚異的な再生能力を誇る竜は、体の一部を失ってもすぐに元通りになるのだが、翼丸ごととなればやはり時間はかかるし、場合によってはきちんと再生しきらないこともある。

そういった懸念が払拭されたことで、フェリドはホッと胸を撫で下ろす。

「それに、ある意味ちょうど良かった。どうせ、向こう数日は経過観察で飛べなくなるところだったしな」

「ん？　それはどういう……？」

「俺は、エルダと本契約することに決めた」

フェリド達のみならず、姉のカレンも初耳だったのだろう。予想外の告白に、目を丸くしている。

「ちゃんと試験は受けたんだろうね？　その場のノリで言ってるなら承知しないよ？」

本契約は、飛竜騎士の切り札たる竜撃魔法(ドラゴマギア)を習得するために必須となる魔法契約だが、乗り手に大きな負担がかかる、危険なものだ。

ちゃんと、竜から注ぎ込まれる膨大な魔力に耐えられるだけの健常な肉体を有しているかどうか。竜が、契約を結ぶに足るほどの絆を乗り手に感じているかどうか。そうしたことを、いくつかの試験形式で調べ、問題ないと判断して初めて契約を結ぶというのが、原則として取り決められている。

勝手に結んだからと、特に罰則があるわけではないのだが……ドランがそうした無謀に手を染める気がないかどうか、姉として心配なのだろう。カレンの瞳には、純粋に弟の安全を想う優しさが浮かんでいた。

それを汲み取ったから、というわけではないだろうが、ドランは大丈夫だと首肯(しゅこう)する。

「試験自体は、もうとっくに受けた。今まで踏ん切りが付かなかったのは、本契約するのは〝俺自身〟の力を周囲にちゃんと知らしめてからにしたかったからだ。でもな……そういうのは、もう止めにしたんだ」

ドランの真剣な眼差しが、フェリドへと向けられる。

思わぬ熱量が込められた視線に戸惑うフェリドを余所に、ドランは一方的に宣言する。

「俺は飛竜騎士として今以上に強くなって、自分の部隊を持つ。そいつらを育て上げて、必ずお前の混成部隊(カオスガルド)以上の、最強の炎竜部隊(フレアガルド)にしてみせる!! 絶対に負けねえからな、覚悟しやがれ!!」

今回の戦闘で、よりハッキリとドランは自覚した。自分は、自分が思い描くような〝特別〟にはなれないと。

誰にも負けない魔法技術も、剣技も、飛行技術も持ち合わせていない。ただ、全(すべ)てにおいて平均よりは上だというだけの、ごく普通の〝優秀〟な人間だ。

そんな自分だからこそ、目指せる部隊の形だってある。そんな自分だからこそ、果たせる役割だってあるはずだ。

それを証明するためには、フェリドの部下に収まっていては駄目なのだ。フェリドと同じ立場で、肩を並べて競い合う。

それが、ドランの選んだ道だった。

「そうか……じゃあ、やっぱりドランは、混成部隊（カオスガルド）に正式入隊はしないんだな」

「当たり前だろうが。誰がお前なんかの部下になるかよ。今回は、人手が足りないからどうしてもと言われて、仕方なく参加しただけだ」

実のところ、混成部隊（カオスガルド）の居心地も悪くないと思っていたし、部隊に誘って貰えたことを嬉しくも思っている。だが、そうした内心の全てを語れるほど、ドランは素直な性格をしていなかった。

互いに嫌い合って、いがみ合って、競い合いながら上を目指す。そんな関係でいい。

もっとも、それはあくまでドランの考えであって、フェリドの意思とは関係ないのだが。

「そうか……ドランがいなくなったら、寂（さび）しくなるな」

たとえ過去に何があったにせよ、一度は肩を並べて命を預け合い、同じ戦場で共に戦ったのだ。フェリドにとっては、もはやドランも大切な仲間だった。

そんなフェリドの、全く無自覚に放たれた一言により、ドランは頭を掻（か）き毟（むし）る。

「～～～っ、いつもいつも、調子が狂うな、お前は!!!!」

「えっ、何がだ?」

「そういうところだ、この色ボケ野郎が!!」

思わぬ罵倒に、フェリドは困惑してしまう。

どういう意味だと周囲を見渡すと、これまたなぜか絶対零度の眼差しを浮かべるウィンディと目が合った。

「ドラン……フェリドは渡さないから」

「だ・か・ら!! 俺にそっちの趣味はねえって言ってんだろうがぁ!!」

「フェリドも……誰彼構わずたらすの禁止。これ以上ライバルが増えたら、私が困る」

「いや、本当に何の話だよ？ そりゃあしょっちゅう言い寄られはしてるけど、俺はウィンディ一筋で……」

「あんまり信用できない」

フェリドは、良くも悪くも人が良すぎる。

男女問わず優しくして、彼を嫌っていたはずのドランすら、今ではすっかりこの様だ。

このままでは、彼に関わった女の子全てが彼を好きになってしまってもおかしくないのでは？ と、過大評価極まりない妄想すらウィンディの中で渦巻いている。

そうして寄ってきた女性の中に、フェリドが心を揺らす人が本当に一人もいないのかと聞かれれば、ウィンディはそこまで自分の魅力に自信を持てなかった。

(特に……レミリーは厄介)

今この場にいない少女を思い出し、ウィンディはぷくっと頬を膨らませる。

ほんの二週間前までは、編隊飛行すらまともに出来ない落ちこぼれだったにも拘わらず、今作戦では新装備の竜魔狙撃銃（ドラゴライフル）を使いこなして大隊の危機を救い、黒竜すら墜としてみせた。

フェリドがあれだけ親身になって教えたのだから、すぐに強くなるだろうとは思っていたが、それにしても早すぎる。

彼女が本気でフェリドを狙（ねら）い始めればどうなるか、全く予想が付かなかった。

（……負けない、フェリドは私の!!）

信用出来ないと直球で言われて思い切りへこんでしまったフェリドに気付くこともなく、ウィンディは改めて決意を固めるのだった。

フェリド達は医務室で過ごしていたが、一通りの治療と診察は終えたので、多少出歩く程度のことは問題なく許可されている。

そんな中で、ウィンディは混成部隊（カオスガルド）の拠点を訪れた。

折れた腕で仕事をしに来たわけではなく、呼び出されたのだ。

「レミリー、いる？」

「あ、ウィンディさん。すみません、お呼び立てしておいて何ですが、少々お待ちください」

中に入れば、正式に部隊の一員となったレミリーが、書類仕事に精を出していた。彼女もまた、今回の戦功もあって正式な騎士叙勲を受けることが出来たのだ。

一方で、フェリドとウィンディの二人が傷病で動けない状態のため、混成部隊（カオスガルド）の戦果レポートや報告書、破損した物品の詳細、追加予算の申請などなど……纏（まと）めなければならない書類が山積みとなったそれを彼女一人に押し付ける形となってしまい、ウィンディとしても少々心苦しい思いがある。

「大変そう……何か手伝う？」

「いえ、あと少しですから大丈夫です。それに、その……ウィンディさんには……」

「………」

最後まで口には出されなかったが、そっと目を逸らすその仕草だけで、レミリーの言いたいことはこれ以上ないほどハッキリとウィンディに伝わった。

つまり……ウィンディでは、書類仕事の役には立たないと。

「レミリー……言うようになったね……」

「何も言ってませんよ!?　それに、その……ウィンディさんはほら……空戦がありますし!?」

ずーん、と落ち込むウィンディに、レミリーは必死でフォローを入れる。

もっとも、それはそれで〝空戦しか取り柄がない〟と言っているようなものなので、あまりフォローになってないが。

「それで……話って？」

少しドタバタしながらも、落ち着いたところでどうにか本題についてウィンディが尋ねる。

すると、レミリーは少しばかり躊躇(ためら)いがちに口を開いた。

「……フェリドさんの状態はどうですか？」

「ん……ひとまず、元気だよ。見た目は」

「そう、ですか……」

最後に付け足された一言で、レミリーもフェリドの事情を正確に悟る。

彼はこれまで、竜人化の力は隠し通してきた。

いくらフローリアが後見人として存在するとはいえ、他ならぬ彼女の手で禁忌として葬られた契約だ。彼自身の意思で結んだものではないとしても、周りから何を言われるか分かったものではない。

しかし、今回の戦闘によって、もはや彼の力は隠してはおけないほどに多くの者に知られることとなった。

その中でもレミリーは、王族の一員としてそれなりに機密に触れる権限を持ち合わせた、勤勉な少女だ。最終契約や竜人化についての知識も、並みの軍人よりよほど多く持っている。

だからこそ、フェリドが未だウィンディに話していない部分まで、彼の抱える問題を把握出来てしまっていた。

「ウィンディさん、最終契約者は、フローリア学長以外の全員が若くして命を落としているというのは、ご存知ですよね？」

「ん……フェリドから聞いた」

「でしたら……その命を落とす原因のほとんどが、仲間の手による殺害だということは？」

「……え？」

思わぬ情報に、ウィンディは目を丸くする。

やはり知らなかったかと、レミリーは重い溜め息を溢した。

「竜人化を繰り返すと、融合状態が定着して人に戻れなくなります。運が良ければその負荷に耐えきれず命を落とすのですが……最悪の場合、竜人状態のまま人としての理性を失い、ただ無差別に暴れ回る魔獣となってしまうんです」

「…………」

完全な魔獣と化した竜人を元に戻す術は、現状では存在しない。だからこそ、魔獣とならずただ竜人のまま理性を保つことが出来たフローリアが例外であり、人としての寿命を超越して生き続けている理由である。

そして……その手で数多くの仲間を葬るしかなかった過去こそ、彼女がフェリドに過剰なまでに肩入れする理由となっている。

「もしフェリドさんがそうなった場合、フローリア学長が手を下すということで、王国の上層部と取り決めがあったのだと思います。それくらいの力は残っているから、と。ですが……私は、そんな結末にはしたくありません」

フェリドがどれほどフローリアを大切に想っているかも、フローリアがどれほどフェリドに対して親身に接しているかも、彼の口から聞かされている。

もしそのような事態になったら、二人がどれほど傷付くことになるのか。想像すらしたくないと、ウィンディは思った。

「ですから、ウィンディさんには改めて、私の訓練に協力していただきたいんです。フェリドさんが、これ以上竜人化することのないように。今よりも、もっと強くなって……彼に守られるばかりでなく、彼を守れるような力を、私も持ちたい。そのために……お願いします」

決意を込め、真摯に頼み込むレミリーの瞳には、これまでの彼女にはなかった強い光が宿っていた。

今までにないその輝きに驚いたウィンディは、答えを返す前に質問を投げ掛ける。

「……一つ、聞かせて。強くなるならフェリドに頼んでもいいのに……どうして私に？」

「……それだけでは、足りないと思ったからです」

フェリドの指導は、いつだって相手の長所に合わせ、その強みを活かすことに重点を置いている。

レミリーの場合は、高い集中力がもたらす魔法狙撃の正確性と、レンリルが持つ金竜としての強さを合わせた高空からの対地制圧。

ウィンディの場合は、天性の視野の広さと、ピスティが持つ小柄な体格故の高い旋回性能と加速力を合わせた、低空や乱戦における高速機動。

それは間違いなく効果を上げ、二人を〝落ちこぼれ〟から〝騎士〟へと成長させるに至っている。

だが、〝ただの騎士〟では……スペクターのような、規格外の力を持った相手には届かない。

このままでは、再び彼のような存在が立ちはだかった時、またしてもフェリドは仲間のため
に、自らを顧みず竜人化してしまうかもしれないのだ。

「今ある強みを活かすだけで足りないのなら、新しい強みを手に入れなければなりません。そのためには、私にはない強みをたくさん持った、ウィンディさんとの訓練が最適だと思ったんです。それに……フェリドさんのことなら、ウィンディさん以上に真剣になってくれる人もいないでしょう？」

確信を持った問い掛けには、どこか挑発染みたトーンが含まれていた。レミリーらしからぬ言動に、ウィンディは戸惑いを隠せない。

その困惑を感じ取ったのか、レミリーは更に言葉を重ねる。

「……今回の作戦が始まる前、お風呂で私に言ってくれましたよね。私のこと、ライバルだって。あれ、本当に嬉しかったんです。あの言葉があったから、私は黒竜に立ち向かう勇気を持てました」

ですから、と、レミリーは隠すことなく己の心情を吐露する。

ウィンディ相手に、何を誤魔化すこともしないと。正面から、堂々たる口調で。

「私からも、言わせてください。私にとっても、ウィンディさんはライバルです。騎士としても……女の子としても!!」

レミリーはずっと、自分に自信が持てなかった。

自分のような落ちこぼれは、金竜の乗り手に相応しくないと。いつまでも無謀な夢を抱いていないで、もっと自分に見合った仕事をするべきではないのかと。

そんなレミリーに再び夢を見せ、大空へと導いてくれたのがフェリドだった。

「フェリドさんの気持ちが、ウィンディさんに向いていることくらい分かっています。ですから、私が挑むのは学生の間だけです」

騎士としての目立った才能など何もなかったレミリーを見捨てず、訓練に付き合い、何度も何度も励ましながら、栄光への道を創ってくれた。

だから――今度は、自分の番なのだと、レミリーは胸に誓う。

「学生の間に、必ずフェリドさんを振り向かせてみせます。これから先、彼が創り上げて行く道を照らす、彼の〝太陽〟で在りたいから。彼の隣で、誰よりも近くで輝く存在で在りたいから!!」

もう、一度抱いた想いを誤魔化すような真似はしたくない。

フェリドが好きだ。どうしようもないほどに。誰にも渡したくないと、そう思ってしまったのだ。

だからこそ、ウィンディに協力を呼び掛けた。

フェリドを共に守ってくれるのは、自分と同じ想いを抱く、彼女以外にはあり得ないのだから。

「ですから……私は、ウィンディさんを利用して、誰よりも強くなってみせます。ウィンディさんも、私を利用して誰よりも強くなってください。……ウィンディさんには、私以外の誰にも、負けて欲しくありませんから」

お風呂場での一幕を思い出しながら、レミリーはそう締め括る。

彼女の想いを全て聞き届けたウィンディは、ゆっくりと口を開き……。

「話が長い」

一言で、バッサリと切り捨てた。

「あ、はい……ごめんなさい……」

否定出来る要素もなく、レミリーはしゅんと落ち込んでしまう。

もう少しちゃんと整理してから話せば良かった、ウィンディさんが来るまで何を話すかたくさん考えたのにどうして……と、何とも情けない呟きをブツブツと溢す王女の姿に、ウィンディはくすりと笑みを溢す。

やっぱり、レミリーはレミリーだと。

そんなレミリーだから……自分は、彼女のことをライバルだと思ったのだと。

「でも、レミリーの想いは分かった。私に出来ることなら、何でも協力する。フェリドのために、一緒に強くなろう。だけど……絶対に、負けない。フェリドの一番は、これから先もずっと、私一人だから」

仲間として、ライバルとして。協力関係を結ぶと共に、これ以上ないほどハッキリと宣戦布告する。

そんなウィンディの言葉と、伸ばされた手に、レミリーは喜色満面（きしょくまんめん）の笑みで応（こた）える。

「っ……!!　はい!!　私も、負けません!!」

こうして、フェリドのあずかり知らぬところで、少女二人の奇妙な同盟が締結される。

混成部隊（カオスガルド）を上空から支え、戦場を照らす新たなる〝太陽〟──その第一歩が、今ここに確かな足跡を刻んだ瞬間だった。

エピローグ

EPILOGUE

朝の日差しが窓から注がれ、微睡みに浮かぶ意識を照り付ける。どこからともなく聞こえてくる鳥の音は、寝惚けた頭に朝の到来を告げる鐘のようだ。

「ふあ……あ……」

欠伸を一つ噛み殺す。重い目蓋を擦りながら、フェリドは軽く寝返りを打った。

（そろそろ起きなきゃならないんだけど……もう少し……）

王国軍による、帝国軍前哨基地襲撃作戦から、早くも一週間が経過した。

フェリドの体もすっかり回復し、少なくとも日常生活においては何の問題もない状態にまでは立ち直っていた。

「んん……」

とはいえ、そんな体の状態とは関係なく、騎士団としてやらなければならない仕事も、学生としてこなさなければならない課題も、寝ている間にどんどん溜まっていく。

早く起きて、少しずつでもそれらを消化しなければならないと頭では理解しているのだが、体は布団の魔力に抗えない。

そのまま、睡魔に身を委ねるように意識を遠退かせていき――

「むにゃ……フェリドぉ……」

耳元で自分を呼ぶ声に、少年はパッチリと目を覚ました。

「ウィンディ……またお前は……」

腕の中にすっぽりと収まるように潜り込んだ少女を見て、フェリドは頭を抱える。

最近では不眠もかなり改善し、一人で寝られるようになってきたはずなのだが、相変わらずこうして忍び込んでくるのだ。

そろそろちゃんと説教しなければ、とは思うものの、幸せそうに眠る愛らしい顔を見ていると、そんな気もすっかり失せてしまう。

（全く、人の気も知らないで、お前は……）

普段とは違う下ろした髪を、起こさないようにそっと撫でる。

さらさらと指の間を抜けていく感触が心地よく、ふわりと良い香りが漂う。

出会ったばかりの頃ならばまだしも、今は彼女のことを異性として意識してしまっているのだ。そんな状態で連日こんなことをされては、いつまで理性が持つか分かったものではない。

（少しお仕置きだ）

ちょっとした悪戯心が芽生えたフェリドは、撫でていた手をそのまま頬に移動させ、軽く引っ張る。

ぐにぐにと弄ばれると、流石に熟睡とは行かないのか、寝苦しそうに顔を顰めるも……なかなか起きない。

「んみゅう……」

刺激から逃れようとしてか、ウィンディがごろんと寝返りを打つ。

その拍子に、ただでさえ生地の薄い寝間着がはだけ、胸元が見えてしまっていた。

「っ……!?」

思わぬ反撃（?）に、フェリドは焦りのあまり布団を蹴飛ばし跳ね起きる。

急に失われた温もりを求めてか、ウィンディの手がパタパタと宙を泳いでいた。

「はあ……何やってんだかな、俺は」

慣れないことはするものじゃないと、フェリドは努めて冷静に、はだけた寝間着を直してやろうと手を伸ばす。

と、その瞬間。ガチャリと、部屋の扉が開く音がした。

「やば……!?」

またライルか!? と、フェリドは身構えた。

彼はいつも、狙ったかのようなタイミングで現れては、ウィンディとの仲をからかってくる。

今回もそのパターンかと、どう言い訳すべきか思考を高速で回転させ――

「フェリドさん、おはようございます。起きていらっしゃいます……か……?」

現れた予想外の人物を目にした瞬間、全てがフリーズした。

「で……殿下が、こんな時間になぜここに……？」

レミリー・ウィル・トライバルト。ここトライバルト王国の第二王女であり、混成部隊の一員でもある少女が、どうしてこんなに朝早くから、男子寮を訪れているのか。

全く理解が追い付かないフェリドだったが、一方のレミリーもまた、目の前の状況に理解が追い付かず、混乱の極致に立たされていた。

「な、ななな……⁉　フェリドさん、朝から何をしていらっしゃるんですか⁉　破廉恥です、ちゃんと学生としての節度を持ってください‼‼」

「いや、違います‼　少なくとも殿下が考えているようなことは何もありませんから‼」

ベッドで眠るウィンディの服に手を掛けたフェリドは、傍から見れば〝そういうこと〟をしようとしているようにも見えるだろう。だが、断じてそうではないのだ。

相手がライルなら、なんやかんやとからかいながらも理解はしてくれるのだが、レミリーは王女というだけあってそういった方面への耐性が低く、なかなか分かって貰えない。

そもそも、王女がこんな時間に男の部屋を訪れるなという話ではあるのだが。

そのことを指摘すると、レミリーは顔を赤らめながら理由を語り始めた。

「そ、それは……フェリドさんが、いつもこの時間から寮の食堂で料理を始めると、ライルさんから聞いたので、ご一緒しようかと……その、以前、料理を教えて欲しいと仰っておられましたし!!」

確かに、以前そのようなことを口にしたなとフェリドは思い出す。

帝国軍への攻撃や、それに伴う訓練などでドタバタしていたせいで具体的な話を詰められず、あやふやになって流れてしまったと思っていたのだが……レミリーは律儀に覚えていてくれたらしい。

「それは……正直助かりますけど、いいんですか？　寝不足になったりとか……」

「大丈夫です、私がそうしたくて来たんですから。それに……私も、フェリドさんと料理がしたかったですし……」

もじもじと恥ずかしがりながら、控えめに自分の意思を主張するレミリー。

自信なさげな態度でちらりと視線を向ける仕草は、否が応でも見るものの庇護欲をそそり、猫背気味な姿勢がそれとなく胸元が強調されてしまっている。

完全に無意識の姿勢だったのだろう、慌てて顔を逸らしたフェリドを見て断られたと思ったのか、レミリーはしゅんと落ち込んでしまう。

これまた大慌てで、フェリドは誤解を解こうと言葉を尽くすが……そんなに騒いでいれば、当然のようにウィンディも目を覚ましてしまった。

「……あれ、レミリーだ。おはよう」

目を擦り、欠伸を噛み殺しながら起き上がるウィンディ。

そんな彼女を見て、最初の話題を思い出したのだろう。レミリーはすぐさま食ってかかる。

「ウィンディさん!!　そのような格好で男性の部屋に入り浸って、ま、ましてや同衾だなんて、どうかと思います!!」

必死に叫ぶレミリーと、困り顔のフェリド。

二人を見て、大体の状況を察したのだろう。ウィンディは一つ頷くと……。

「……ふっ」

勝ち誇った表情で、フェリドの腕にしがみついた。

「な、なんですかその反応は⁉」

「これくらい、私とフェリドなら普通。お姫様なレミリーには出来ない。つまり、勝った」

「いや、だから何の勝負⁉」

突然抱き着かれたフェリドは、混乱しながらもどうにか抗議の声を上げる。

そもそも、勝手に布団に潜り込むのを許可した覚えはないんだが、と言いたかったが、それよりも早くレミリーが動いた。

「……ま、負けませんから!!」

「えっ、ちょっ⁉」

ウィンディとは反対側の腕に、レミリーがしがみつく。

ウィンディとは異なる圧倒的なボリュームが押し付けられ、フェリドの混乱は益々加速する。

「殿下まで何してるんですか⁉　その、早く離れて……‼」

「い、嫌です‼　どうしてもというなら、その……〝殿下〟ではなくて、ちゃんと名前で呼んでください‼　何だか壁を感じて、寂しいですから……」

絞り出すように提示された交換条件に、フェリドは面食らう。

それくらいなら、普通に言ってくれれば……とも思うのだが、これも彼女なりに勇気を出すためには必要だったのかもしれないと、フェリドは思った。

「分かりました、レミリーさん。……これで、いいですか？」

「むむ……まだ少し硬いですが、ひとまずは、それでいいです」

そう言って、レミリーはそっと腕を解放する。

ホッと胸を撫で下ろすフェリドだったが、一方のウィンディはどこか不満気に頬を膨らませていた。

「フェリド……またレミリーのおっぱいに鼻の下伸ばしてる」

「伸ばしてない‼　というか、ウィンディもいつまでしがみついてるんだ」

レミリーほどではないにしろ、ウィンディも触れてみればちゃんと胸はあるのだ。

寝間着の薄い生地越しに感じる柔らかさが、ゴリゴリと理性を削っていくのを感じながら、どうにか平静を装って引き剝がそうとする。

しかし、そんなフェリドの態度がお気に召さなかったウィンディは、益々強く腕にしがみつく。

「こ、こら、ウィンディ⁉」

「これでも、ちゃんと成長してるの。ほら、確かめて」

「た、確かめてって、何を言ってるんですかウィンディさんは⁉　私も離れたんですから、ウィンディさんも離れてください‼」

「レミリーが勝手に離れただけで、私はまだ終わってない」

「いや、終わってくれよ⁉」

ワイワイガヤガヤと、朝の男子寮に三人の騒がしい声が響き続ける。

当然ながら、この後三人は寮長にこってりと絞られることになるのだが……その様子を他の男子生徒達に目撃されたことで、三人の関係についての噂は一瞬にして校内に広まっていく。

「本当に、どうしてこうなった……」

史上初の地竜乗りの騎士にして、学生初の部隊長。

僅かな期間で多大なる戦果を挙げ、英雄への道を着実に進む元平民は――英雄らしく、色を好む。

そんな誤解が、彼の戦果と共に国内のみならず周辺諸国にまで広がっていくことを、この時の彼はまだ知る由もなかった。

あとがき

皆様お久しぶりです、ジャジャ丸です。まずは今作、「双翼無双の飛竜騎士」第二巻を手に取っていただきありがとうございます。

そうです、皆さん二巻です。一巻に続く二冊目です。続巻です。

いやあ、いい響きですよね続巻。ちゃんとシリーズものとして続いていく希望の第一歩です。一冊分では書ききれない要素を更に詰め込み、世界を広げ、キャラを増やし、風呂敷が大きくなっていくのは作者としてもとてもワクワクします。

さて、そんなわけで二巻目の執筆が始まった時、まず最初に決めたのが新キャラです。新ヒロインとライバル、シリーズものとしては外せませんからね。

ではどんなキャラにしようか？　となった結果生まれたのが、レミリーとスペクターの二人でした。

色々な意味でウィンディとは正反対、しかし以前の彼女同様に落ちこぼれとして有名になってしまっているレミリーとフェリドの出会い。そして、竜すらも単独で撃破する帝国の皇子にして〝勇者〟、スペクターの登場。そんな中、侵略の限りを尽くす帝国に対処すべく、王国上層部もまたついに動き出し――

……と言った内容になっておりますが、この一連の流れは実のところ非常にスムーズに決まりました。本文も、かなりスラスラと書けましたし、修正作業もあまりなく、すんなりと通った実感があります。

ところが。ええ、ところがですよ？　私ジャジャ丸は、チェックを終えた原稿を提出し忘れるという大ポカによって締切を一つ破ってしまいました。はい、人生最悪のやらかしです。

担当Sさんからの「あの、原稿まだ届いていないのですが……」というメッセージを前にした瞬間、仕事を放り出して家に直帰しようか真剣に悩みましたね。最終的には、「来週でいいので慌てなくて大丈夫です」とのお言葉で思いとどまりましたが。はい、私の担当様はきっと女神の生まれ変わりなのでしょう、その慈悲深さに甘えないように、これからは提出漏れがないよう気を付けたいと思います。

そんなこんなで意図せず迷惑をかけてしまったにも拘わらず、いつも優しく丁寧に接してくださる担当のS様、本当にありがとうございます。

一巻に引き続き、美麗なイラストで飛竜騎士の世界観を表現してくださったイラストレーターの赤井てら様、ありがとうございました。個人的にはウィンディの照れ顔が一番の大好物です（マテ）。

また、前回に引き続き今作品を手に取ってくださった読者の皆様、本当にありがとうございます。皆様の応援がいつも力になっております。

それでは、また次の機会にお会いできることを祈って、さらば!!

ファンレター、作品の
ご感想をお待ちしています

〈あて先〉

〒106－0032
東京都港区六本木2－4－5
SBクリエイティブ（株）
GA文庫編集部 気付

「ジャジャ丸先生」係
「赤井てら先生」係

本書に関するご意見・ご感想は
右のQRコードよりお寄せください。

※アクセスの際や登録時に発生する通信費等はご負担ください。

https://ga.sbcr.jp/

そうよくむそう　ウィンガード
双翼無双の飛竜騎士 2

発　行　2022年11月30日　初版第一刷発行

著　者　ジャジャ丸
発行人　小川　淳

発行所　SBクリエイティブ株式会社
〒106-0032
東京都港区六本木2-4-5
電話　03-5549-1201
03-5549-1167(編集)

装　丁　AFTERGLOW

印刷・製本　中央精版印刷株式会社

ISBN978-4-8156-1627-4
Printed in Japan　　GA 文庫

アストレア・レコード2 正義失墜 ダンジョンに出会いを求めるのは間違っているだろうか 英雄譚

著：大森藤ノ　画：かかげ

GA文庫

後に『死の七日間』と呼ばれる、オラリオ最大の悪夢が訪れる――。

闇派閥による大攻勢にさらされた迷宮都市。街を支配した『巨悪』に抗う冒険者たちだったが、悪辣な計略、終わりのない襲撃、更には守るべき存在である民衆にも非難され、次第に消耗していく。知己を失い、自らの正義が揺らぎつつあるリューも同じだった。そして、そこへ畳みかけられる『邪悪』からの問い。

「リオン、お前の『正義』とは？」

崩れ落ちる妖精の少女は、黄昏の空の下で選択を迫られる。

これは暗黒期を駆け抜けた、正義の眷族たちの星々の記憶――。

あおとさくら2

GA文庫

著：伊尾微　画：椎名くろ

「藤枝君は変わらないものってあると思う？」

図書館での出会いから半年——。

友人とも恋人ともつかない微妙な関係のまま放課後の図書館での日常を続けていた蒼と咲良。しかし、咲良が再び音楽の道を歩きはじめたことで、2人の関係には小さな、けれど決定的な変化が訪れようとしていた。文化祭、修学旅行、そしてクリスマス。刻々と季節が移りゆくなか、蒼はひとつの選択をする——。

「僕は、変わらなくていいとは思ってない」「……どうして？」

2人なら、歩ける。2人だから、進める。これは、最高にピュアな青春ボーイミーツガール。

信長転生2　～どうやら最強らしいので、乱世を終わらせることにした～
著：三木なずな　画：ぷきゅのすけ

「この世の美女は全部俺のものにするからだ」　事故で命を落とし、女神アマテラスによって織田信長となった翔。百万人の女を抱くという目標を掲げ、妖刀・へし切長谷部を片手に敵を屠り、美女を抱きまくっていた。ある日、敵に寝返った家臣を討つ合戦の最中に盗賊達が現れ、取引を持ち掛けられる。「竹千代を売りにきた」という盗賊達を不審に思った翔は、スマホのスキルで彼等のリーダーが女であることを見抜き、さらに彼女の頭上に本名が浮かび上がって――!?

「お前が明智光秀かよ!?」

　信長に成り代わった翔がひたすら美女を抱きまくる、戦国無双ストーリー第二弾、開幕!!

英雄支配のダークロード

GA文庫

著：羽田遼亮　画：マシマサキ

　アルカナという「タロット」になぞらえた二二人の魔王と、召喚した英雄を従え覇を競い合う騒乱の世界。

「フール様は戦争がお嫌いなのです？」「ああ、嫌いだね」

　争いのない世界を夢見て１００年。敗者の烙印を押された英雄たちを従え、最弱と蔑まれてきた愚者の魔王ダークロード・フール。どんなに見下されながらも、その実力を欺き続けてきた彼は、この刻が訪れるのを待っていた。

「我らがこの混沌とした世界に新たな秩序を作り出す！」

　フールの宣戦布告により彼らの番狂わせの快進撃が始まる――。これは愚者と蔑まれる稀代の天才魔王と、負け組英雄たちの異世界改革譚。